岭南创作文丛

雨夜·月夜

谢应明　著

暨南大学出版社
JINAN UNIVERSITY PRESS

中国·广州

图书在版编目（CIP）数据

雨夜·月夜／谢应明著．—广州：暨南大学出版社，2015.9
（岭南创作文丛）
ISBN 978－7－5668－1525－5

Ⅰ.①雨…　Ⅱ.①谢…　Ⅲ.①散文诗—诗集—中国—当代　Ⅳ.①I227

中国版本图书馆CIP数据核字（2015）第153705号

……………………………………………………………………

雨夜·月夜
著　　者　谢应明

出 版 人　徐义雄
策划编辑　杜小陆　刘　晶　潘江曼
责任编辑　颜　彦
责任校对　黄志波
责任印制　汤慧君　周一丹
出版发行　暨南大学出版社（广州暨南大学　邮编：510630）
网　　址　http：//www.jnupress.com　http：//press.jnu.edu.cn
电　　话　总编室（8620）85221601
　　　　　营销部（8620）85225284　85228291　85228292（邮购）
排　　版　广州良弓广告有限公司
印　　刷　佛山市浩文彩色印刷有限公司
开　　本　850mm×1168mm　1/32
印　　张　4.875
字　　数　98千
版　　次　2015年9月第1版
印　　次　2015年9月第1次
定　　价　24.00元

总 序

学者的文学情结

很多人在生命的早年，甚至是孩提时代，被文学的神奇世界所吸引，都曾做过作家梦。后来因为这样那样的原因，大都选择了别的行当来延续自己的人生轨迹，真正能成为作家的只有少数。在大学中文系从事教学与研究的学者，多数属于曾有过文学梦想但没有全身心投入文学创作的一群人。出于兴趣或者生计的考虑，他们选择踏入学术的漫漫征途。他们先是经过了多年的历练与磨砺，掌握了较为系统的专业知识，练就了渐趋成熟的理论思维，但形象思维和艺术创造能力也相应受到了某种打压和遮蔽；后来，他们著书立说，主要是从学理的角度，将自我对文学的独特思考和深刻认识系统而缜密地阐发出来，为人们更准确地理解古今中外的小说、诗歌、散文、戏剧等提供一定的指导和帮助。尽管理论的思考与实践时常压抑着创作的冲动，但这些学者内心深处藏有的文学情结是始终不会泯灭的。这文学情结平素里常常蛰伏着、潜隐着，很难见其峥嵘，一旦遇到情感潮汐的冲刷，它们就将如春草一般破土而出，向世人展示其翠绿的生命和强盛的力量。这次“岭南创作文丛”推出的几位学者的文学作品集，便是他们心中沉埋的深挚文学情结的集中显形，是他们学术研究之外弥足珍贵的创作收获。

其实，中文系学者同时也是创作能手，也能写一手好文章，这在新文化运动以来的中国现代史上并非新鲜之事。鲁迅、周作人、朱自清、徐志摩、闻一多、沈从文、钱钟书、卞之琳、冯至、穆旦等，这些曾在高校讲台上传道授业的学者，哪一个又不是文学创作上的佼佼者呢？只是到了新的历史语境下，由于学术体制的日益强化和学者自身文学技能的欠缺，能在研究与创作上二者兼擅的人渐已寥若晨星，这不能不说是当今时代某种人文缺失在中文系里的生动体现。略感欣慰的是，在位于祖国大陆最南端、粤西大地的岭南师范学院，有赵金钟、谢应明、殷鉴、祝德纯、红筱、史习斌、张德明等一批学者，在学术研究之余，还能以文学之笔法，述眼中之观摩，抒心中之情绪，从而构成散文、诗歌、散文诗的文本形式，用以记录自我独特的生命体验和生存履历。这批学者的文学创作，有文字的俊秀之妙美，有情感的深切之魅惑，有思想的深隽之特长，他们作品的集中展示，使“新岭南作家群”这样一个具有某种文学史意味的命名，得到了较为具体和切实的确证。

作为现代文学专业的教授，赵金钟在胡风研究、冯友兰家族文化研究和新诗研究等方面可谓成果丰硕，在学术界有一定的知名度和影响力。《流彩的石头》是其从教近三十年来所创作的诗歌与散文的合集，两种文体他都能熟练驾驭，并写出了各自的特色和韵味。他的诗歌有情感的热度，也有修辞的新奇，更传递着对自然和生活的浓烈之爱。赵金钟的散文是对自己生命行旅的及时记录，举凡生活之点滴、旅途之见闻、观景之心得、读书之会意，都被他捕捉出来，转换为文字的演绎，白纸黑字之中，刻印下曾经的生命痕迹。从艺术层面上说，赵金钟的散文语言朴实且情感真挚，述事虽多用简笔但能让人如睹现场，写景只寥寥几笔就能将动人之画面推置到人面前，抒情虽用语不多但情绪饱满，撩人心襟，具有值得肯定的审美个性。

祝德纯的《竹影横斜》和史习斌的《隔岸的灯火》都是散文集。祝德纯以散文研究见长，她的学术著作《散文创作与鉴赏》2002 年在中国社会科学出版社出版，不久便获得了湛江市文艺精品奖一等奖，足见其散文研究的成绩是为人所认同的。祝德纯的散文以短章为主，篇幅虽短小，语意却绵长，话语尽管不多，但字句之中不失女性的细腻，数语之下能察见述物之精髓。祝德纯的散文笔力老到，情绪内敛，需细细品味才能识得其妙处，获得其真髓。此外，这本集子中收录的几篇旧体诗词，可以看作是祝德纯从特别的角度来抒发情志、感喟人生的文学文本，从中可以窥见作者心中存有的文人志趣和古雅情怀。史习斌对新月派的研究很深入，他的散文集《隔岸的灯火》也在一定程度上体现了新月派的绅士风情。作为从大山里走出来的农民的儿子，史习斌始终不忘那片大山、那块土地，在他的散文中，时常有对那片大山、那块土地、那群质朴憨厚的农民的描述与吟赞。作为高校老师，史习斌也对自己的本职工作有所沉思和表达。史习斌的文学视野是开阔的，散文题材也很丰富，除上述内容外，还有不少聚焦于亲情、爱情、友情的情感类散文作品，他异常看重亲人和朋友在他心目中的位置，也希望用文学的空间来承载这有限人生中的无限深情。同时，他对现代化进程中的城乡对立和文化对抗情态有着深度的审视，并在不少文本中进行了艺术的阐发。此外，他还有部分篇章是对某些纯粹审美问题的探讨与追问，富有一定的思辨性。总体来看，史习斌的散文已形成自己独特的叙述语式和结构特色，在风格上是趋于稳定和成熟的。

红筱和谢应明多年来从事散文诗教学与研究工作，他们对散文诗的理解颇有心得，在散文诗创作上也实力不俗，这次推出的《筱露斜阳》《雨夜·月夜》便是他们个人的散文诗集。他们的散文诗写作各具特点，一者以抒情性见长，一者以故事性取胜，展示了两种不同的文学笔法。红筱的散文诗借助这种独特的艺术形式，抒发了对自然和人生的挚爱之情。她的散文诗，常常富于奇幻的想象，抒情性较为鲜明。谢应明的散文诗往往流溢着真情，这种情感是正面的、积极的、向上的，充满乐观的情调和昂扬的气度。他的散文诗让人很少看到阴霾，很少看到愁云，也很少看到唏嘘感叹，大多是微笑着的字句、暖人心怀的言语、催人奋进的情感。同时，谢应明的散文诗善于描写令人回味的人生片段，从而让文字散发出“故事”的趣味来。

殷鉴在大学从事新诗的教学与研究多年，出版过好几本大部头的诗歌研究专著，在诗歌研究界反响强烈。在教学之余，他常会诗性大发，并诉之以文。这次推出的《一些神奇的字迹》，便是他这些年来创作的诗歌的集合。殷鉴的诗以小诗、短诗为主，可见他对“繁星体”小诗心领神会，颇有研究，并能用自己的文学实践将那种有关小诗的心得和领悟落实到文本之中。他的小诗虽三五行即为一篇，但往往具有情景性和画面感，也能营造出某种意境来，并显出诗人机智和风趣的生活情味。同时，殷鉴的一些讽刺诗，涉及对政治、军事、文化、历史、现实等方面的思考与反映，不失精彩和动人之处。

《行云流水为哪般》是张德明的第一部诗集，有不少曾在《星星》《绿风》《诗潮》《延河》等刊物上发表。诗评家写诗是近些年来较为突出的现象，其意义也颇为特别，著名诗人安琪曾指出：“批评家向来以理论见长，职业训练造就出的发达的逻辑思维如果再辅之以诗歌的形象思维，可谓相得益彰。写诗的批评家进入诗歌文本往往更能一步到位已是批评界的共识，而诗人们对会写好诗的批评家自然也有着天然的亲近和信任。”这是较有道理的，也可看作是对张德明在诗歌研究之外还能从事诗歌创作的某种肯定。

在当今商业化的语境下，文学的地位已日益边缘化，能坚守文学创作的人们是可敬的，学者的文学创作尤其难能可贵。正是因为这个原因，我们推出了这套“岭南创作文丛”，希望用这样的行动来弘扬中文系的优良传统，同时向伟大的文学致以深深的敬意。

最后还要感谢罗海鸥院长、刘周堂副院长和熊家良教授，他们为这套丛书的出版付出了很多心血，给予了极大的支持和帮助。没有他们的关爱与帮助，这套丛书的出版不可能如此顺利！

张德明

2015年5月23日于南方诗歌研究中心

目　录

第二辑　田埂恋歌

第四辑　大地飞歌

第五辑　祖国颂歌

第一辑　童年牧歌

农家小院

破陋的小院。老硬的茅草墙。烟熏的黑窗。在这里，儿歌和着轻烟飞翔，稚嫩伴着欢笑成长。

一口浅井。路不算长。姑娘肩上的水桶，明显有着十分的重量，左摇右晃。扁担深深地压进她的肩膀。她挪着碰着，把水一勺勺舀进水缸。

一片秧田，开在院边。该是父辈们的活，可她挪动着脚丫，脆爽的童声，早已淌进秧田。蚂蟥吸吮她脚上清甜的血，惊起一阵凉风，圈圈涟漪。

院边，堆放着新鲜的山草，拴锁着肥胖的老黄牛。

温暖的脊背

长长的山溪，只见清澈的流水。有石头，但没有桥。夏天的雨，漫过田埂，涨破了山堤。

父亲温暖的脊背，成了她行走的路桥。

工读班的书声，唤起她识字的渴望。娇小的脚板，坚实地踏进溪水中去。雨日霜天，都紧紧地攥在父亲的大手里。

茅草的香，萦绕在课堂的上空。野地里的花，是她头上最好的装饰。装饰着她未来的梦。

父亲采来坚硬的簕竹枝，她在父亲的背上算着未来。

希望田野

太阳天天升起，她不懂得这就叫希望。她只知道，夏天的太阳，晒得自己难受，晒得自己难看。

摘一杆竹叶，编一顶斗笠，跟父亲下田去。种好了田，才会有希望。金黄的稻谷麦穗，叫希望；满屋的土豆红薯，叫希望。

敲碎一个泥团，拾起一把小草，撒播一粒种子，细敷一地粪土，等待着季节的更替，渴望着风调雨顺，期盼着一年的收获。

这是她对田野的希望，这是她对田野的爱。

知冷知暖

住在山里，有冷有暖。山里的冬天，没有冰雪，但很冷。山里的夏日，有时不见太阳，但郁热。

寒风最烈的日子，干枯的松树根，她知道生好火盆，掩实门扉，静听丝丝的风声，盼着父亲劳作早归。

夏天最炎热的日子，后山清凉的泉水，她舀回一桶又一桶，放在缸里，等待着父亲披汗而回。

她知道，父亲疼她。在她的记忆里，没有母亲。在父亲的故事里，四十年都一个人。十岁，要知冷知暖，很难。可她，就有这天性，有这聪慧。

十八岁，父亲离她而去。谁能知她冷暖？

没有鞋穿的日子

田埂，洒满洁白的霜。昨夜，很冷。

清晨，依然冰冷刺骨，寒意透心。她赤着脚在走。

没有鞋穿的日子，赤脚是一种考验。她没有这种境界，只知道没有鞋，脚很冷，心很冷，身在颤抖。只有跑步到学校，也许会暖些。尽管她知道，教室的窗户，没有玻璃，只有几尺破粗布在遮着。

不会欣赏那薄薄的冰霜，不会欣赏铺满草丛的那一片洁白。生活窘迫的人，能对大自然产生美感吗？

松树木屐

截一段松树，碗口般粗。

父亲细心地挥动小斧，印着她的小脚，硬就斫出了一双木屐的模型。割一块褐色的粗胶皮，弯成一座小桥拱，剪两片小铁片，钉上“洋钉”。她就穿着这木屐，春夏秋冬九个年头。

忘不掉那松香。忘不掉脱了木屐，蹚过小河，再穿上木屐的痛快感。忘不掉父亲的微笑。忘不掉穿上木屐在打谷场上跳舞时的节奏和声响。

端详着已经磨得很薄的木屐，才明白当初没有扔掉的意义。该留的要永远留下，永久珍惜。

最甜的果子

山路崎岖，蜿蜒而上几十里。翻过山的那边，有成片的山果树。凭她的经验，这季节，果子该熟了。

父亲带着她，像带着一首歌，一本书，听不厌，看不完。山之美，美在自然。泉之美，美在清甜。她是一只鹧鸪，她是一只斑鸠，她是一头黄牛，她是一只猛虎。在山里，同样要有所作为。

每次她都翻过山去，她要看看那些山果树，开花了，结果了，成熟了。她要摘下这些山果，她要孝敬父亲。

品尝这些山果，曾酸掉了父亲的老牙。父亲说，向阳的果子才甜。从此，父亲再没吃过酸山果。

生父的艰辛

她的生父是孤儿。

穷婆婆将他带大。食不果腹，衣不蔽体。

穷婆婆饿死。他给地主放牛。跟牛睡在一起，吃着地主婆施舍的烂菜叶或稀米汤。满身沾着牛的屎尿味。

私塾先生的摇头晃脑，地主仔的装模作样，让他心生羡慕。可想偷个听都不许。牵着牛儿慢慢走，多听一句是一句。

田埂上的野花开了，他明白花儿是美的。山坡上的草儿很鲜嫩，他明白牛儿吃了会长膘。逢年过节，家家春联耀门楣。孤身只影，夜夜描摹转乾坤。功夫难负有心人。他的山歌唱得特别优美，他的汉字写得特别飘逸。

直到翻身当主人。分了田地，不再吃糠咽树皮。他串村庄入学校，忆苦思甜谈忠孝。成了家，生了孩儿虽还苦，拉扯长大有书读。

编着筐，唱着曲。衣衫纯朴不褴褛。

山村不富，闲最糊涂。带着村民拓地开荒，农林牧中找出路。村民富，他最苦。

沙是沙，土是土。满头白发风飘舞。水田稻飘香，坡地果满树，座座民居绕新路。看着男儿娶新娘，送走姑娘成人妇。他最幸福。

他好欣慰。八十三岁那年，生父带走了所有的艰辛，留下了所有的美好，微笑着静静地上路。

每一次讲着生父的故事，她总会泪流满面，满心凄苦。

春薯的藤蔓

春薯的藤蔓，因冬霜的摧残，长得短而疏。三月的春薯，也常因为冬霜的浓重，只剩根须。

今年的三月，还好，温暖多了。春薯的藤蔓，绿叶要比霜红的多，预示着今年春薯的丰收。特别是藤蔓的鲜嫩多汁，为处于乍暖还寒时的猪牛带来福音。

低矮的猪舍，高阔的牛棚。生产队的日子，不见得每人都尽力尽心。可她不同。她把藤蔓的叶子捋下，薯藤留给牛吃，薯叶煮给猪吃。由她看护的猪牛，猪肥牛壮。

她热爱这弥漫着粪香的猪舍牛圈。后来到了城里，这份情依然没变。

山稔花

清明前后的山岭，最诱人的莫过于山稔花。

清明时节的雨，都渗透在山稔树的根里。叶特别青绿，花特别鲜艳。常见几只蜜蜂，叮在花蕊上。山稔花美，招蝶惹蜂，很自然的事。山稔花美，要诱人，在农村未必正常。因为山稔花年年都这样开着。

她爱山稔花。花开时节，还是春天，还是春耕最忙的时节。她会放下农活，爬上山坡，坐在开满山稔花的地方，轻轻地闻着花香，吻着花蕾。呼喊着，与蜂蝶共舞。俨然自己也成了一只花粉蝶。

五月的山稔花，是漫山遍野的。花香飘飞在山岗，花瓣撒落小溪。清澈的溪水，漂着花瓣，带着花香，流出山涧，流入村庄。她常爱在挑水时，故意舀上几瓣，倒入水缸。

用漂过山稔花的溪水煮饭，饭也特别香。

盛夏的雨

盛夏的雨，是夹雷的雨，暴虐吓人。

稻苗在长。

肩扛着耘耙，淌进滚烫的水田，给秧苗施肥。看着太阳呀，热辣得有点暴虐。经验告诉她，暴雨将临。

禾苗在静静地等待。山野还是青绿，云却在翻动呀。夏日的云，由轻飘到凝滞，由白变灰变黑。接着会看到闪电划破黑云，听到凄厉的雷鸣，滂沱大雨瓢泼而至。

雨，淹没了惊叫。风，吹飞了蓑笠。湿透的衣裙，贴紧了她的肌肤，胴体全裸。这盛夏的雨，简直就是无赖，恬不知耻。

龟缩在田埂，等待雨过天晴。天闷热得让人窒息。可她期盼着太阳更猛。烘干她的秀发，晒干她的衣裙，还原她的真身。

这盛夏的雨，恼人诱人。

然稻花在开，稻粒饱满，稻穗飘香。

稻熟的季节

水稻黄熟的季节，是青春的季节，是快乐的季节，是收获的季节。她更明白，是最苦最累的季节。

本来就没有不劳而获。

山村的农民，水稻快黄熟时，最怕刮风，最怕水浸。夏收时节，遇风雨，遭洪涝，那才是收命、收人。

农民就是看天吃饭，从来就没有什么旱涝保收。

稻熟的季节，她最忙。割稻，脱粒，翻晒，贮藏。每一环节，都得靠天来帮。割稻下雨，粒湿杆重，担挑不了多少，耽误收期。脱粒下雨，犹如煮了一池谷汤，谷粒很快发芽发烫。翻晒下雨，收扫不及，颗粒无存。贮藏时下雨，风不干，得重晒。反反复复，累得她腰酸腿疼。然而，她明白，不苦不累，哪来收获。没有收获，哪来快乐呢！

稻熟的季节，她多想有个人陪伴，有个人帮忙。

打谷晒谷

在农村，特别是生产队时期，打谷晒谷的生活都富有诗意。

稻熟的季节，农民割稻，一般安排在白天，日出而作。打谷，就得安排在晚上，月出还作。

打谷，得用巨大的石磙子。磙子为圆柱体，外大内小，保证碾压稻草时，始终做圆周运动。磙子的左右两面的中间，各凿有一四方孔，像铜钱的四方孔一样，约两寸深。荔枝木做的榫，紧紧地嵌入其中。榫像一个小木槌，槌柄为圆形，穿在左右两片荔枝木板正中间的圆孔中。石磙的前后各有一辐条，与左右两片木板固定为一个四方架子。架子前左右两个角各拴一条绳子，绳子的另一端拴在牛轭上。要打谷时，牛拉着石磙子在稻秆上转。人、牛、磙子千百遍地转，有时伴着星星转，有时伴着月亮一样转，直转到稻秆上的谷粒掉完为止。这是一曲人与大自然的和谐赞歌。

晒谷，也是一首歌。朝阳刚刚升起，霞光洒满大地。混凝土夯实的晒谷场，早已打扫干净。晒谷场往往中间高四周略低，便于排水。头天晚上打好的谷子，就堆在晒谷场的中央，用塑料薄膜遮盖着。那时候，人都很穷很饿，但从没有人偷谷子。太阳由红脸变白脸的时候，他们早已把谷子摊开，占据了整个晒谷场。新鲜的谷子，都和着太多的稻叶，需要间隔着翻晒，让谷子均匀地享受阳光的曝晒。经过曝晒，稻叶和谷子不断分离。轻轻扫去稻叶，再吹去瘪谷，谷粒彰显了她的饱满和金黄，美极了。捧起这些谷粒，微笑自然绽放。这是一曲丰收的歌。

牛背上的童年

骑在牛背上，美丽了她的童年。

她不是牧童，但她爱骑在牛背上唱歌。

田埂里，坑渠边，山坡上，胶林中，荡漾着她稚嫩的童声。

水牛善良，温顺。她骑在牛背上，平稳，安全。她会随着水牛吃草的节奏，不时哼着小曲。犁翻的水田，因夏日的曝晒，田水滚烫滚烫的。田埂上的草，水嫩水嫩，绿得让牛垂涎。吃起来的声音，清脆清脆的，特别动听。她爱对牛唱歌。

她喜欢大水牛。她骑在牛背上唱歌时，水牛的眼睛特别明亮，它会转过头看她，不断挤眉弄眼的，还用尾巴和着她的节拍，好像听懂了歌声的含义。水牛怕热，她牵它浸水，她帮它梳洗，她帮它除去蜱虫，她帮它驱赶蚊蝇。照顾它，比照顾自己周到。

她骑在牛背上唱歌，人牛一体。可童年的她怎么知道，牛虽是牛，但也懂人性。一次，别的水牛不知怎的惹火了她的水牛，它竟把她掀于田中，打架去了。她的水牛重伤不治。水牛临死前，她跪在它的旁边，水牛流泪了，她哭了。

她长大了，但无论如何，她也忘不了牛背上的童年。

山村童趣

山村的孩子，最乐的事，莫过于瓦炒黄豆。

偷偷从别人低矮的猪圈屋檐上，取一片也许已经长着青苔的瓦，架在别人屋后小巷中早已放置好的红砖上。在周边拾一些干枯的树枝，揪一把易燃的柴草。黄豆就放在瓦中。真是“炒豆燃豆萁，豆在瓦中泣”。用不了十分钟，豆在哭泣中爆出了豆香，飘满整个小巷。把黄豆倒进小布袋，再用绳子扎紧袋口，待到豆子冷却，黄豆又脆又香。

拿自家的豆，到别家的小巷去炒，只有孩子才会这样做。

几十年过去了，如今的小孩子全做大人做的事。同样，大人总做小孩子应该做的事。

木菠萝

木菠萝树的叶子，又大又厚。树干满是龙鳞。木菠萝要是熟在树上，遥远的田野，都会闻到它飘来的甜香。

山村的村民，逢年过节，总爱做糯米糕。木菠萝叶，像一首首绿色的诗，衬托着糯米糕的柔软，润色着糯米糕的香甜。像熟透在树上的木菠萝的甜香一样。

她会爬树。好吃的都长在树上。木菠萝树，这树又高又大。逢年过节，她得爬上去摘它的叶子。木菠萝成熟的季节，她得爬上树闻它的香。她渴望糯米糕的甜香，她更渴望木菠萝成熟的香甜。

村民都知道，她捏出的糯米糕，特别香，她闻过的木菠萝，特别甜。糯米糕捏进了她的善良，木菠萝果沾满了她的体香。

山村鸡鸣

山村的鸡鸣，是报时的信息，是村民早起的号子。

煤油灯点亮了，炉灶生起了火，茅草屋顶的烟囱飘荡着乳白的烟。煮好一锅稀粥，蒸熟一篮山芋红薯。挑水桶的摇摆声响彻清晨。

没有哪家的闺女，每天都鸡鸣就起床。没有哪家的孩子，天还没亮，就把家务活有序地干完。

山村是一本厚厚的书。这里有一篇篇优美的文字，一曲曲动人的歌。鸡鸣的时候，是她在读，是她在写，是她在唱。

春蝉欢鸣

春蝉欢鸣的日子，每天都充满欢乐。

相思树，仁面树，橄榄树，荔枝树，树树蝉声。在黎明前黑色的绿里，她头顶着手电，手擎着竹竿，悄悄地伸向忘情的鸣蝉。在阳光下透明的绿里，她准确地粘住蝉的双翼，把喳喳声拴在她的裤腰里，第二天，又让它们飞翔，让它们歌唱。

没有蝉鸣的日子，她感到失落，感到孤寂。失落了童趣，失落了歌声，失落了大自然的美。秋蝉的鸣声太过凄厉，给人悲情，给人哀伤。

她期待着。期待着春天，期待着春蝉的鸣叫。

长大了。她不再捕蝉。她懂得，她不该限制它们的自由，哪怕只有短短的一天。她不想独占这天籁，哪怕只有短短的几十个小时。她在仰望，她在聆听，她在享受。

第二辑　田埂恋歌

寻觅幸福

溪边的二月，漂满了生命的脐血，不知流向何处。剩下的那一声啼哭，谁知道有一个怎样的明天。

守住一畦菜田，餐风宿露地长大。她开始了孤独。可在那个岁月，有口饭吃，已是幸福。

溪水是甜的，跟她的笑一样。掬一抹笑容，谁不心肝宝贝地疼。照着自己清丽的脸，端详自己凤样的眼，汪汪地澄澈着自己的未来。

她知道，水往哪流，人往哪走。她得寻觅幸福。

少女的烦恼

幸福的女人，也常常是烦恼的女人。

十五岁的她，就是村里的一道风景。她是田野吹来的一阵风，她是树上的一片绿叶，她是山里的一朵杜鹃花。

下地，她是《陌上桑》中的罗敷；下河，她成了《小二黑结婚》中的小芹。小伙子就爱在她身边打转转。她穿什么衣服，村里的小伙都觉得好看，暧昧的奉承，让她不屑。她就是一朵花，美丽得流着蜜，溢着香。让小伙子们在梦中，兴许还会伸着舌头在舔，眯着眼睛在闻呢。

上学，一帮“蛤蟆”在村口等着她；放学，一群“乌鸦”在校门口等着她。她心里这样想，可是她总是宽容地和他们说笑、打趣。像个大姐姐一样带着他们上学，带着他们放学。不时大声提醒他们，别踩塌了田埂，别被挤下了水沟，更不要掉到河里。

她觉得很幸福。在家，父亲疼她，兄弟护着她；在外，又有很多小伙子有意无意地献着殷勤，帮她驱赶着“虎狼”。

晚上，她睡不着了。太阳晒着，她不怕。田埂泥泞，她不怕。山路崎岖，她不怕。小伙子的故意搭讪，甚至不怀好意，她不怕。她最怕别人来向父亲提亲。

我还小，我绝不现在选择！

不让人捧着

“我长得漂亮，但绝不让人捧着，更不会只让人养着。”

周边村子，没有哪个姑娘比她长得更好看。小时候，不懂得长成这样，就是漂亮。后来，别人当着父母的面说她标致水灵，她才知道心热脸红。她总说自己长得丑，娇晒人家，漂亮还能当饭吃呀！她不想张扬，这样也要保护自己。

兄弟姊妹多，在计工分的年代，就是劳动力，就是平安，没人敢欺负。三岁送给人家抚养。养父陪她到十八岁，走了。剩她一个。养父呵护她，吃得比别人好，但做得也比别人多。山上的柴草，田里的稻菜，圈里的猪牛，锅里的粥饭，盆里的衣衫，她一手操劳。夏日，白皙的脸蛋，晒得红彤；冬天，嫩白的小手，冻得粉红。周边村子，对她能干的赞美，胜过了赞她的漂亮。

漂亮，不能让人捧着。就算嫁了人，还是一样。

女人是一首诗

十六岁，她有了女人的感觉。

女人是一首诗。少女是唐诗，是宋词，是元曲。

她具备诗的所有要素。飘逸的长发，乌黑透亮。鹅蛋形的粉脸，白皙水嫩。凤眼长睫，神韵飞扬。细颈酥胸，透出少女特有的娇羞。修长的手臂，纤纤的玉指，袅娜的腰肢，诱人的秀腿，无不透出大家闺秀的气质。

无人不喜欢诵唐诗，吟宋词，唱元曲。她聪明得很。读书，老师赞不绝口。种地，父辈疼爱有加。为人，朋友情深谊长。这是诗的意境，让人久品不厌。

十六岁以后的女人，都应该是一首诗。

谈婚论嫁

女大当嫁。几千年的伦理，几千年的悲剧。

她不想谈婚论嫁，可谁叫她长大。长大了，她也不想嫁。由不得她。

答应相亲。

海里的鱼，多么自由。山坑里的水，多么清澈。大山和大海都有同样的胸怀。

她有这样的期待。她也定了相亲的标准。可谁知我心。

干部总爱炫耀自己的官位。老板总爱夸耀自己的财富。教授总爱称道自己的博学。

门当户对，又是几千年的伦理，几千年的悲剧。

她要选择。她不要炫耀，她不要狂妄，她不要自傲。她不要自卑，她不要懦弱，她不要懒惰。

她要寻觅。她要自己谈，她要自己嫁。

山村几千年还没有一个这样的女子。

一封信，一首诗

相爱的人儿，一封信，就是一首诗。

她没有见过海。她知道，山坑发大水会有漩涡。海也会有漩涡吗？

他在风浪中识字，他在飘摇中成长。海韵，海风，海潮，海浪。大海，就是一首诗。

她，渴望见到大海，渴望见到那条小船，渴望见到听说的那个船上的男孩。

一封信，就是一首诗。

信中，有海的潮音，有海的咸涩，有浪花的洁白纯净，有真诚表白的心。那是一首首海的诗。

一封信，就是一首诗。

信中，有山风的呼号，有山花的香气，有清泉的澄澈，有婉转柔曲的衷肠。那是一首首大山的歌。

一封信，是山和海的恋曲。

浪之梦

她在做梦。

她梦见那条小船，她梦见那片浪涛。浪涌云翻，小船可在浪中，他可在小船中呀。

他在拼命地摇着桨。小船冲破层层巨浪，绕过处处礁石。像鸥翔，像燕飞。海平静了。她依偎在他怀里，静静地感受着这海滋养出来的有海一样抱负的人。

她在笑，赞赏的笑，欣慰的笑，甜美的笑。

突然，海风呼啸，巨浪滔天。船翻了，他不见了。她惊叫着，呼喊着，带着满枕泪汗，醒了。

她向往海，是因为他描绘了如诗如画的海。她害怕海，是因为海也会险恶无比。

爱之海，浪之梦。

善良的姑娘

夜风清凉。屋边那棵老荔枝树的新叶，在寒月的照映下，闪着纯洁的光。

连手电筒都贫乏的年代，村民都点火篱上夜路。春寒时节，夜风还冷。邻村一位婆婆，在她家不远处摔倒，火篱烧着了草堆，吓得婆婆拼了老命在呼喊。在这疏落的山村，村民也睡得早。要不是她要去跟心上人约会，婆婆也不知会是何结果。

撇下火篱救婆婆，哪怕心上人的约会要错过！

也许是一脚踩到不平处，也许是上了年纪眼昏花，也许是不孝儿子都分了家。婆婆呀，您怎么一个人在赶夜？

原来婆婆是孤身，今夜是带着病体去看医生。侍奉婆婆吃了药，心上人早已离去，留下一草坪的冷月。

善良的姑娘，她相信不见不散。夜风也相信，冷月也相信。她原谅他。相信他也会原谅她。

有了善良的基础，爱就只差相信和理解了。

不为爱狂

腰细的姑娘，就是好看。像半弯的月亮，总能给人无限的想象。

有月的夜晚，没有风。摇着葵扇，在自家门前乘凉。老男人们都爱在月下夜话，粗鄙的笑话，似乎能笑掉一天的劳累。

煤油灯，昏黄的光。她的心，郁闷得像这七月里没有风的夏夜。她要写封信，表明自己的心迹。绝不为爱发狂。随他去吧。

随他去吧，像昨天的风，像明天的雨。他有他的道，我有我的路。没必要为离去而痛苦，没必要为爱而发狂。

随他去吧，像山溪的水，像门前的河。尽管跪靠青山发誓，面向大海立盟。多一分宽容，多一条大道。

真爱我的人，他会一往无前。不爱我的人，终究掩饰不了他的谎言。

缘，在冷静的等待里。爱，在长久的考验中。

多情的小河

山边的河，没有江的宽阔，但总是清澈见底，沙粗鱼细。偶尔有几处弯，水也不会太深。

河水滋润着山村的繁衍，哺育着村里的孩童，温暖着村里的青年的心。

有一位姑娘，每天披着朝霞，舀满两小桶的水，挑到家里，挑进田野。把阳光挑进黑矮的小屋，把阳光浇进细嫩的菜叶。

河里嬉戏的小鱼，亲舔着她美丽的倒影。似乎觉得上当了，常常蹦跳出水面，不小心就蹦到了她的瓢里。有时，她轻轻地放回河里，有时，她干脆装在桶里，挑回家里的水缸。她双手扶着缸边，让美丽的脸蛋儿映入缸里。小鱼呀，你就舔个够吧。

多少年过去了。河里的小鱼在长大。河边舀水的姑娘也在长大。河里多了成对嬉戏的小鱼，河堤上也多了一对搂腰牵手，漫步观鱼赏月的人儿。

又多少年过去了。河里的小鱼在日益减少，河里的水也不再清澈。山在流泻，沙被掏空，河在哭泣，堤在崩颓。

姑娘在河边祈祷，姑娘在山顶叩拜，姑娘在庙里焚香念诵。

又多少年过去了。山开始变绿，河水又重新清澈。姑娘舀着被朝霞浸透的水，又窥见了小鱼在舔她涟漪般的倩影。

一见钟情

烈日晒着姑娘的笑。轻云在歌唱。蒸发的真情，凝成爱的雨珠，洒落在池塘，在心窝。

年轻人相信一见钟情。太阳告诉他，月亮安抚他。雨为他喜泣，风为他荡漾，树为他欢舞。

她，来自田埂。草为她绿，稻为她熟，花为她香。

太阳月亮

晴雨相间的天气，最令人讨厌。雨过天晴，太阳辣得你难受；晴过又雨，大雨淋得你尴尬万分。

看那坑坑洼洼，游着满水青蛙。看似舒适，但听它们那沉闷的叫声，觉着暴风雨又要来临。

暴风雨，总企图摧毁美好的事物。然而，真正美好的东西，再大的风暴也无法把她摧毁！

暴风雨来得越猛，天晴得越快。

昏沉的夜，思绪与雨声蛙声、水光灯光、树影人影交织在一起。梦中，我经受了暴风雨的洗礼！

但是，透过风雨，我真正看到的是太阳和月亮！我看到的是光明和美好！

七月风暴

七月是风暴孕育的月份。猛烈的阳光，曝晒大地。蒸汽凝成雨滴，慢慢厚积于云层，乌云密布。

暴风雨即将来临。

七月，慈祥的父爱，变得那样不可理解，变得那样无法接受！七月，温馨的亲情，变得那样生疏，变得那样势利！我深知，他们的用意和希望。我深知，他们被环境所逼。谣言，可以摧毁人的一切！

七月，我经历着暴风雨的洗礼！

好心的劝慰，我恶言顶撞。严厉的拦阻，我无礼反抗。

暴风雨已经来临！

愤怒掠过脸庞，燃烧着理智、良心和亲情。没有言语，只有长久的沉默。

委屈的泪，无耐的情，无言的苦痛！

我没有屈服。我坚信，暴风雨只能摧折无结果的花蕊，却摧不垮有情人的海誓山盟！

七月的暴风雨即将过去。

闻鸡起舞

黄绒绒的小鸡，叽叽叽叽，叽叽叽叽。

小纸箱里，亮着五瓦特的灯泡。温暖的亮光，翠香的饲料，哺育着它们成长。

蜕去了黄绒，小鸡崽们转着亮晶晶的小眼，开始找寻虫儿。可它们怕蚊子叮咬，怕老鼠偷吃。

她精心呵护。小鸡长出了翼尖，长出了小冠。分出了公母。她笑了，挺有成就感。

公鸡开始啼叫。她留了最壮实的一只，其他全给它们落实了政策。鸡群里有了皇帝、嫔妃，也有了温顺的臣民。

母鸡开始咕咕地叫。好兆头，一窝窝的鸡蛋，意味着一窝窝的小鸡。不再有人说这是要搞资本主义。

开始大规模孵鸡、养鸡、杀鸡、卖鸡。

闻鸡起舞。富了穷乡僻壤。

松林爱恨

飞播的种子，翠绿了起伏的群山。坚硬的松针，刺破了变幻的天空。

溪水清澈，山草萋萋。松涛和鸣，鸟雀群飞。衬托着小山村的宁静。每当太阳从青龙山顶冉冉升起，再从白虎山巅徐徐隐去，山村就显得特别静美。

松林的静穆，正像少女的娇羞。掬一抹朝阳，撒在林间，金光闪烁。唤醒了沉睡的松林，它们欢呼着，搂抱着，跳荡着。山上有了涛声。翠绿的松针，嘶哑着喉咙，让群山震荡回响。它们是战士，要用生命的翠绿守护这片群山。

她是这片松林的守护者。她修剪着松枝，驱赶着啃吃松针的毛毛虫。她捡拾着松果，培育着新的松苗。

这片松林，曾遭天火烧过，地火焚过。可它生生不灭。

谁能想到，就在那一年，松林遭到了惨无人道的屠杀。

朝阳没有了笑脸，夕阳也多了悲凉。没有了松林，望着光秃秃的山，带着对这片松林的念想，她惆怅着远离家乡。

山顶盟誓

山不在高，有仙则灵。

这偏僻的山村，有座三仙庙。不在山上，而是在与山相对的一处高地上。

东西走向蜿蜒曲折流经村庄的小河，隔着山和庙。山这边，早晚炊烟袅袅；庙那边，初一十五，香火鼎盛。

三仙庙，有许多信众赠送的锦旗，都是如愿后的感激之词。庙的四周，有几棵硕大的荔枝树，都成了村民的许愿树。

她曾因为养父的病，从很远的地方到庙里求过神茶，可到底没能挽救养父的生命。

从此，她很少到庙里去，连求问自己的姻缘都不想去。可春暖花开，稻香飘飞的时候，她有了牵挂，有了思念。她总会到这里的许愿树下，抛上自己的愿望。让风带去自己的祝福，对山那边的爱的祝福。

一起到庙里许个愿吧。不。

那就到山顶去。

山顶的盟誓。一生一世。

山不在高，有爱也灵。

月夜蛙声

冷月无声，蛙鸣如潮。

水稻田，水坑边，藿香地，小溪前，处处蛙鸣。山村的夜，淡淡月色，竹影婆娑。

走一条沙石路，沐一片柔和的月光。月边的轻云，浸着月的精血，月的灵魂，澄澈透明。脚下的沙石，拖着长调，与蛙声应和着。

小时候，不懂蛙声的悠扬，只知道是一片聒噪。她常跟着哥哥夜捕青蛙。也是一样的月色，夜风轻轻。她跟着哥哥，打着手电筒，沐着淡月，沐着轻风，踏着细步，压着嗓音，在广阔的田野上挪动。蛙声荡漾。哥哥娴熟的捕蛙技法，一只只，一对对，塞在她腰间的蛙篓中，直到她沉重得劝哥哥回家。

山村的夜，总充满着欢笑。在那吃不饱，更没有肉吃的日子，青蛙是最好的滋补食品。夜里煮着粥喝，白天煲着汤饮。可她看不惯杀蛙的残忍，曾几次将哥哥捕回的青蛙放走。

往事不再，蛙声如昨。陪着心上人，坐在月夜的橄榄树下，聆听着悠扬的蛙声，多么幸福。

这是山村真正的歌。

爱过留痕

雁过留声，爱过留痕。

山稔花开的日子，朝霞跳荡着，熏染着翠绿的果园。迟熟的荔枝已经泛黄，龙眼也已挂满枝头，芒果和黄皮果都沉甸甸的。

果子熟了，自然该摘。每当果熟季节，她会在果园等他回来。闷热的风，轻轻拂过她青春的脸，两条小辫伴着她的歌声飘荡。

果园私会的美好，有如西厢牡丹。荔枝花开的甜蜜，酿造了她美好的憧憬。

秋风刚起，荔枝树叶已簌簌飘飞。送走了草帽、背心、拖鞋的天之骄子，心中已然多了惆怅。四年的等待，已是秋水望穿。可依旧音讯渺茫。

果园的荔枝树，一千四百六十道刀痕，一道比一道深。

刀痕，刻着她绝望的等待，刻着她纯真的梦想，刻着她破灭的希望呀。

走向城市

田埂上的脚印，细细腻腻。岁月的流逝，她流出大山，流向城市。命运挂在那屋檐下，像滴滴答答的雨。风撕碎她的笑声，丢弃在田野一垄垄的翠绿中。

她是山的精灵。柴草，齐刷刷地躺在她的镰刀下。一山的柴香。她闻到了艰难，闻到了温馨，闻到了未来。

有谁，像她那样，用细小的双脚，整天穿行在大山之中？甩动俏皮的发辫，哼起山鸟般的调子，一堆堆的柴火，是一首首美丽动人的歌。

带着诗一般的浪漫，她走向城市。城市有她，又增加了新的诗意。她纯洁着这座城市。

第三辑　青春弦歌

山腰小屋

坐落在半山腰的小屋，孤寂而冷清。

屋后是山。鹧鸪斑鸠的鸣声，常在静静的山中回荡。偶尔有张网捕鸟的猎人，带着驱鸟的猎狗，狂吠着。

屋的东西两头种着竹，东边是石麻竹，西边是粉单竹。清晨，朝霞流泻在石麻竹间，竹影斑驳，摇曳在小屋的顶上。黄昏，夕阳顾盼，粉单竹更显风情万种。

居有竹，食无肉。

屋前，种着相思树。清黄色的相思树花，在轻轻的南风的吹拂下，静静地摇荡，不时飘落几朵，柔姿曼舞。

人倚相思。

陋室一间，有白丁往来，无鸿儒谈笑。

孤灯只影，倚窗苦读，期望挥写春秋。

陋室有铭矣。

羡慕

早晨，婉转的鸟声刺破了我的耳鼓。逗得我时而抬头望着她们，时而俯视池塘里的游鱼，我对她们同样羡慕。我羡慕她们的欢乐，我羡慕她们的幸福。

难道她们也在为我唱颂歌？唱得那么起劲，游得那么快活！

洁白的茉莉花，散发着清香，指甲花也红着脸，美人蕉娇滴滴的，煞是可爱。

太阳落山时，无情的大雨沐浴着万物。

大自然复苏了。

晨韵

在清凉的早晨放声高歌。《垄上行》那优美的旋律，在平静的湖水中激荡，在如洗的碧空中飞扬。

浮满绿萍的池塘，飘来阵阵腥味。在池边漫步，快乐无忧，静静地坐着，倒有点难受。而边漫步边读书，却别有一番风味。

鸟蝉的鸣叫声与池塘的蛤蟆声应和着。

情人们在细语。我可没听清。也许书中的要比他们的更真，更有吸引力。

多么凉快。晨风，吹皱了池水，洗醒了精神，逗笑了浮萍。

屈原，伟大的爱国诗人。举世浑浊而您独清，世人皆醉而您独醒。多么高洁，与橘树同风，与日月争辉。

穿黄色裙子的姑娘，欢乐地和亲人在一起，边谈边笑边吃边想。谈我们的未来，笑我们的误会，吃粗淡的酒菜，想心爱的人儿。

雨滴像冰雹一样，在闷热的中午，无情地撞击着大地。慈祥的大地却用笑声来回敬它。

爱心、耐心、恒心、毅力，将战胜一切。

孤独

灰白色的浓云，封住了蓝色的天空，苍穹底下显得有点昏暗。

没有热感，风是那样强劲，吹得我的书页乱飞，吹得我鸡皮疙瘩狂起。我身体虚了吗？

带着书到池边去。有凉风做伴，以池水为侣，以树荫小草为友，好不安逸，累意全消。

那石凳上，坐着个中年男人，好不孤独。哎，人就怕孤独。一孤独，就觉得一切都无聊。

她不会无聊了吧，一切都已雪融冰消，她在向我微笑。

为了她

大雨沥沥，窗外朦胧一片。好久没下这么大的雨了。

她的心笼罩着淡淡的悲愁。我明白她的处境。孤身一人，几度漂泊。等待心爱的人，受尽冷遇不解。太难为她了！

我痛恨那势利！我痛恨那恶俗！

我要努力，我不能让她再孤独！

为了她，我宁可舍弃一切。

为了她，我将义无反顾！

爱的使者

在酣睡中醒来的早晨，伴着万物的欢唱，引来了金色的太阳。又一个美丽的早晨。

粉蓝色的水浮莲花，点缀在池水上面，算不上清香，却是圣洁的。

心灵的纯洁，品质的高尚，她如圣母菩萨。《歌德传》消失于昏睡的眼下。歌德，一个爱的使者，一个伟大的诗人。

呵，你那温柔的圆脸，怎不叫我无比迷恋。你那乌黑蓬松的秀发，怎不让我拜倒足前！

夜，笼罩在一片梦幻之中。

决不放弃

真的，一个人很寂寞。心中有她，不再孤单，就算海角天涯！

《书剑恩仇录》，陈家洛与霍青桐，余鱼同与李沅芷，徐天宏与周绮，文泰来与骆冰，陈正德与关明梅，他们的爱是多么纯洁而高尚。

尽管理想和现实有些距离，但只要努力，追求总会结出硕果。

不经过努力就想取得成功，或不经过努力就轻言放弃，两者皆不可取。

我知道，路还很长，曲曲折折而荆棘丛生，可我，决不放弃！

周末

周末，惰性总要作怪。带上书，懒懒的。池塘边，大声朗读，别有一种情趣。

没风，没雨，热。

思念，拨开我的视线。诗行，出现了重影。

她怎么了？遇到了什么苦恼？忠贞不渝，也值得怀疑？

天之骄子就真的那么得宠？农村姑娘就真的什么都不懂？

别人要说什么就让他们说去吧。

柔风过处，柳枝轻飏。

赶走蚂蚁

校园好，好就好在有地方读书。荷花池边，杨柳依依，是周末读书的好去处。

累了，掐几片嫩叶，抚几朵小花，闻闻，有香，也有臭。不管怎样，舒缓了神经。

可怕的是，有时无意掐下的花，花蕊却给蚂蚁占有了。可怜的花儿，她有多难受！

只要是害虫，就得防着点。好看的花，总有人想攀折。但又因为她太美，令人缩回了想伸出的手。

她是不会被侵害的，我相信。

我总希望靠自己的本事，把蚂蚁赶走。

欢乐的笑声

一双小小的白粉蝶，螺旋地追逐着。忽升忽降，时俯时仰。他们扇动双翼，嬉闹亲热。他们相知？我仿佛听见了他们的耳语。他们闹矛盾？我好像听见了他们的吵声。他欺负她？我似乎看到了反抗。啊，不是。他们在欢笑呢！我听到了他们的欢笑声。是的，他们原来就是知己。

我羡慕他们。相识相知相爱相亲。

他们在空中相爱，他们在空中亲吻。我听见他们的呼唤：

向着我，俯临那天国之唇！

我听见他们浪漫而欢乐的笑声。

失却的无奈

我知道，我没有办法。对着那份孤寂，那份无奈。

谁想到有今天，谁想到曾憧憬的幸福，成了今天这般模样。对着那无名指上的黄圈，发梢上的白钗，我泪流无语。我悔恨吗？那份憧憬还能找回吗？对着那尘封多时的小圆镜，聚焦那几缕岁月的印痕，凄凉的心，愁苦的泪，难耐的孤寂，无所依凭的情思！

对着显示器，手指无感觉地敲击着键盘。思绪沿着光纤，毫无着落地跳荡。

我真能在这找寻快乐、找寻寄托吗？

我睁大眼睛询问。

谁能回答我？

迷路

相信了别人。草绿花红树翠。美好的诱惑，我没细想，跟着感觉走。

缤纷的世界，似乎很是美好。一路潇洒。前面坦途迢迢。单纯的思想，幼稚的心。谁想到，路总是崎岖的。

带着理想，怀着憧憬。听着那美妙的言辞，犹如听着一路鸟鸣。向往着那梦幻般的仙境。笑谈间，前方乌云朵朵，天空一片昏暗。太阳隐去了，草枯花落树黄。前路茫茫。绝望的呼号。

好久好久，前方又似有了亮色。没有指南针，只有那澄明的心。青山绿水，心明眼亮。只要保持着心的那份澄明，就一定能走出迷惘。

随波逐流

人云亦云，随波逐流，失掉个性和人格。出尘脱俗，张扬自我，显现高尚和纯洁。

多少人劝我放弃，多少人表示不解，多少人觉得惋惜！

我却说不能随波逐流。

地位高的人不见得德行好，文化高的人不见得礼仪明，漂亮的姑娘不见得贤惠，城市的姑娘不见得懂爱情！

相信自己的眼光，不管别人怎么看。相信自己的能力，可以改变自己的一切。

你不必随波逐流，因为世间还有不愿随波逐流的人。困境不要成为借口，位卑不要成为理由。尽量尊重别人，诚心理解别人，你将赢得尊重，赢得理解。

星体有自己运行的轨道，人生又怎能不留下自己的足迹呢？

失败的微笑

太阳如火，洼水如汤，苦泪如潮，心血如注。我走在细细的田埂上，左一滑右一滑。百无聊赖，万念俱灰。我仰起头，眼睛瞪着如火的太阳，希望吸取力量。

冷言风语，哪能吞没自己？失败了我也会微笑！

我相信，我不会失败。除非她败了！花要是蔫了，它的美也就消失了。

她不会败，她是我心中常开的花，永不凋谢。她能顶住狂风，喝止暴雨。她宁可泪如雨下，也不会叫喊一声。人要靠信念活着！人有了坚强的信念，就什么都不怕了。风雨弥坚。

看那残枝，做了柴薪，还要给人留下火光。看那败叶，落了，也要给人留下美丽。你的追求，你的理想，就算暂时实现不了，难道不也应该笑对吗？

夜行如歌

风刚刮过，雨还没停，我带着等待开始了夜行。

行囊羞涩。揣几件别人送的衣服，备几个干硬的馒头，买几瓶孩子吸的橘子水，挂上那发黄的书包，兴冲冲地去赶归家的长途汽车。

学校西门那绿油油的西洋菜田，倒映着一弯冷月；路旁那银桦树上的细叶，闪烁着细碎的光。破旧的汽车，无情地碾过粗糙的路面，穿行在朦胧的夜色中。

我倚靠在左边的车窗，哼着我们唱过的歌，一首接着一首。伴着冷月升起，凝望着冷月西移。心想着家乡，没有半点累意。给乡政府写的长信，他们都收到了吗？家乡都发生了哪些变化？我读书的那间小学，风有没吹掉屋顶上的瓦片？心爱的姑娘住的那间旧房子有没漏雨？她在等我吗？

夜在我的思绪中流失，路在我的歌声中缩短。

夜色深深，夜雨飘飘。还有好长一段路，我必须步行啊！断耳的凉鞋，擦着冷湿的泥沙，在静夜里声音特别清脆。想着到家的兴奋，能给心爱的人儿一个惊喜，再长的夜路，也在咫尺了。

冷月更冷，已躲进西山取暖去了。深夜更深，简直是黎明前的黑暗！雨后蛤蟆那恐怖的吼叫声，听起来让人战栗。可我怎就觉得是在欢迎我这个夜行的人呢？

铜鼓岭的书声

朝霞漫过山顶，铜鼓亭被温暖吻醒。似有悠扬的铜鼓声响起。

朝露沐浴着翠绿，叶子感动得滴落了几串热泪。

长着青苔的几级古老的青砖砌就的小径，提升着坚实的脚步声，滑落了清晨的宁静。

酣睡的天使，带着甜美的梦的微笑，正在聆听山顶的歌声。是为她而歌，为未来而歌。

半夜狗吠

山村大部分人家都爱养狗。

狗吠声有时惹人喜欢，有时令人讨厌。

夜，没有风雨。山的沉寂，轻轻的脚步声，惹起了一片狗吠声。

听到了母亲的开门声。听到了母亲驯狗的声音。狗声停止了。

他知道，她在隔壁房间，没有睡着。她知道，他也不会睡着，他肯定会过来。可这通透的房，容不得有丝毫的细语声。父母是睡着了，可这讨厌的狗，听到了他已经尽量轻的脚步声，吠起来了。

亲爱的狗儿，你怎么这样不懂事！我爱她，你怎么就不明白呢！快快别吠了。我只是想再看看她。

多少年，跟她在一起，也只是看看她。看看她大大的眼睛，看看她长长的睫毛，不知多少遍地说着真美。他们长时间地说着各自过去的故事，说着未来，说着未来。煤油灯通宵亮着。

她还是她。山村的传说。

他明白，温顺的狗儿也明白。半夜，他尽量轻的脚步。狗儿微笑地瞪着眼，有节奏地摆着尾巴。他看到了狗儿眼睛含着泪花。

苍蝇与蝴蝶的爱

苍蝇：我爱你，宝贝，我的心肝。月色很美，我上去摘一片献给你。

蝴蝶：我爱你，宝贝，我的心肝。我要的，就一支玫瑰。

苍蝇：不，亲爱的，我要不惜一切，保证你享荣华，得富贵。

蝴蝶：我的心肝，我的宝贝。我要的，就是平平静静，平平安安的飞翔。

苍蝇：不，亲爱的，我要不择手段，获得最多的财富，保证你有住不完的别墅，花不完的钱财，吃不完的海味山珍。

蝴蝶：不，亲爱的。有一间陋室，有一顿淡饭，有一杯粗茶，能跟你一辈子，足矣。

苍蝇：唉，别去叮那有缝的蛋，追那发臭的肉，总在屎窝盘旋，我要做只干干净净，能登大雅之堂的苍蝇。

蝴蝶：是的，亲爱的。我决不贪恋权贵，我决不迷恋钱财，我要做只普普通通，自由飞翔的蝴蝶。

苍蝇：蝶，亲爱的。我爱你。是你使我干净，是你促我高尚，是你让我纯粹。

蝴蝶：蝇，我爱你。是你让我知足，是你使我平静，是你给我幸福。

苍蝇与蝴蝶：亲爱的，我们结婚吧。哈哈哈哈。

月亮，星星

我仰望天空，月亮虽不是很圆，但跟着她的那颗星却看上去很亮。我总想，是一颗星，她总会灿烂。月亮要借太阳的光，可星星她自己亮着。爱和被爱都是幸福的。

看那颗星星，她是爱着那月亮吧？她总跟着，渴望永恒。月亮似乎也不嫌弃她，爱由她跟着。这也许就是幸福。那蓝天，那夜空，是何等纯净！爱和被爱，都是浪漫，都是幸福！随着夜风旋转，我的心已飞翔。

在月亮那摘一片幸福的叶子，让她飘进灿烂的星星心里。星星一定充满着甜蜜，那一束束的亮光，该是浪漫和幸福的迸射吧！

雨夜·月夜

雨夜，我轻敲她的窗户。雨声，把我的无奈带走。风，穿透了窗户，吻醒了熟睡的天使。

雨，搀扶我，走过漫长的路。我穿过雨夜的漆黑，奋力寻找黎明。

月夜，我沉睡在她身旁。月色，把我的忧愁带走。爱，缠绵了美梦，浸润了疲倦的心。

月，净化我，淌过流血的河。我渴饮着月夜的清静，珍惜着拥有的那份激情。

第四辑　大地飞歌

春的问候

南国之春，北国之春。

春的气息，处处洋溢着，飘荡着，飞舞着。

金融海啸，经济危机，没有阻止春的来临。既然是春天，春天就是充满生机的。

温暖的春风吹拂下，笑若桃花，劲如春草。

春的问候，春的祝福。

享受炎热

冬雪与我无缘，秋风更显瑟瑟。

春意盎然却潮湿，我唯有享受这份炎热。

燃烧自己，烧尽了，如雪，如风，如春。思念烧不尽，就让她如雪般纷飞，如风般轻抚，如春般温暖吧。

有爱在心，炎热也是清凉。

肖像

轻雪飘舞，残杨欢笑，似有丝丝春寒。

她轻仰着高贵的粉脸，瀑布般泻下那帘秀发，韵致淋漓。凝聚了年轻妈妈们的目光，攫取着可爱的宝宝们的小手。温馨的幽香，微笑的眼神，洋溢着亲和的力量，飘荡着细心的爱意。

是她们给宝贝以灵气，是她们给宝贝以创意，是她们给宝贝以智慧，是她们给父母以希望，是她们给社会以未来。

幸福天空

渴望有一片天空，她永远是蓝色的。

期待有一种情怀，她永远是浪漫的。

思念着那一份爱，永远是博大的。

拥有幸福，就拥有蓝色，拥有浪漫，拥有博大的爱。

梦的诘问

有一个年轻人，点火自焚。我不禁要问：中国的青年究竟出了什么问题?

中国的青年不学无术。中国的青年急功近利。中国的青年失却纯粹的理想追求。

世界观、人生观、价值观出了问题。

对亲人、对家庭、对人民、对民族、对国家、对社会缺乏责任感。

法律知识贫乏，法律观念淡薄!

正因为这样，才会有那么多的青年不辨邪恶，深受邪教的毒害，糟蹋了自己的青春和生命!

希望中国的青年，遵纪守法，勤奋努力，生活充实，身体健康，家庭幸福，事业有成，爱情美满!

梦辩滔滔。梦也成真。

朋友的信

朋友写信说他想学吉他，要我给他买一本《西班牙吉他初步》。我慷慨地借了钱上了书店。在那熬着馒头和开水过日子的年代，我也不容易。

大学二年级，又收到了朋友的来信，我真有些惊喜。拆开一看，又是一张要买西班牙吉他谱子的信纸，对我上次给他买书的事只字未提。我虽有点不快，但还是带上了学校发给我的三十元奖学金，高高兴兴上了书店。那可是全城最大、书也最多最全的书店。我不知道朋友是否收到了我寄出去的书。

后来，我大学毕业了，分到了一个边远的小山村工作。由于心情不好，生活也很窘迫，就断了与朋友的联系。大约一年吧，我的一位大学老师来看望我，顺便给我带来了两封信。我看信封，还是那位朋友的笔迹。拆看内容，还是要我帮他买西班牙吉他的曲子。我用微薄的工资，到县城出了趟差，买了两本跟前面不重复的曲子，按他给我的地址寄了出去。但愿他学有所成。

演讲

大雨抹杀不了它的精彩。阳光折射了它的精彩。如雷般的掌声说明了它的精彩。

精彩的开场白，精彩的过渡，精彩的高潮组织，精彩的结尾。

精彩的技巧运用，精彩的应变方法，精彩的心理交流。

洪亮的声音，饱满的吐字，醉人的韵律，令人如痴如醉的现场感染力。

一个眼神，让人屏住呼吸；一幅照片，让人引颈前移。举手投足，精彩绝伦。

精彩的演讲，演讲家的生命！

生也梦，死也梦

人生在世，应能坦诚地对人说，活着，我问心无愧；死了，也问心无愧。

可是有的人，活着，他不敢扪心自问：我活得问心无愧吗？有的人，死了，在上帝或阎王面前，他也不敢扪心自问：我虽死了，我问心无愧吗？

生也一场梦，死也一场梦。是生是死，该生该死，自己掂量去吧，谁知道呢！

红酒一杯

远远的，我似乎看到了长白山的雪。深深的，我似乎触摸到了镜泊湖的水。

那一片是松林吧？凝结在那厚实的松针上的是雪吗？我的眼睛怎么模糊了？我的眼眶怎么流着滚烫的雪水？是我的心激动了！是我看到了自己的幸福！

我斟满了一杯红酒，高高举起，送去我遥远的祝福！

孤独的跑者

冷月漫过夜空，寒星流泻，划一条孤独的痕。人们惊呼，这不也是绝妙的美吗？

谁说孤独是不合群？谁说孤独是没有拥趸？谁说孤独就没有人情？

一个人在奔跑，他是孤独的吗？谁说前呼后拥的人就不孤独呢？作为领跑者，他就要耐住寂寞，耐住孤独。这是一份享受，这是一份静美。

太阳在心，心中有了太阳，冷月才能更亮。

他不需要陪跑，有太阳在前引着，有家人、有亲人、有百姓在后给他撑着。一个人在跑着，他不孤独。

他可以静思，燃烧着理想。他可以聆听，升华着境界。

无比思恋

雁已北飞。

断鸿声声，依恋无限。背负蓝天，俯瞰大海。闻轻云之幽香，乘和风以翱翔。仰人生之叹，抚相思之情。羡江河之不竭，羡大海之难枯。

恐人生之无常，唯深深思恋。

远去的思念

那一山红叶，似乎早已淡忘。

那一树金黄，难道也要随岁月飘飞？

压在笔记本上的杏叶，枯了。

她的生机和活力，依然隐约显现。那是一种记忆，那是一种思念。

那是一种怀想，那是一种难忘！

谁还会想起，别时的那抹离泪？谁还能想起，相聚时的那份柔情！错过了道别声声，吞咽着那远去的思念。

思念可以远去，祝福将成永恒。

忘却了空间

忘了，忘了有个空间。

忘了空间有一群朋友，忘了有一个自乐的去处。

每天见到开着的各式各样的花，只看到颜色，却闻不到花香。每天都看着云卷云舒，却无法欣赏她的飘逸。

心麻木了，失却了诗意，失却了人生。

忘了，忘了本该忘的，也许是一种解脱，也许是一次新生！

可是，忘了不该忘的，那可是一种堕落呀！

分享幸福

善于分享别人幸福的人，他自己也应该是幸福的。

翻阅朋友的婚纱照，就是最幸福的分享方式。情人们在化妆师的魔笔扫描下，回归了二八青春；在服装师的精雕下，彰显了魔鬼的腰身；在摄影师的导演下，发酵了幸福的心性。

表情显现出最幸福，眼神流露出最幸福，动作透视着最幸福，姿势装摆出最幸福。

能翻阅这样的照片，无疑会激起幸福的想象，陶醉在幸福的海洋中。自己不也就成了幸福的人了！

善于分享别人幸福的人，是伟大的。

失落的浪漫

有空与同学群聊，才知道聊天这么有趣。

看着漆黑的天空，思念着不得不下线的朋友，我找到了那失落的浪漫。

在群组中，我追寻着那片蓝色，那飘动的蓝色，那闪烁的浪漫。

月亮背后

月亮的背后是蓝色。

有黑夜，就有白天。

有月亮的黑夜，尽管黑，也像是白天。

只要是白天，我就会看到蓝蓝的天。

透过黑夜，凝望圆月，想着那蓝色，就充满着愉悦，充满着浪漫和博大的爱。

一叶知秋

银杏叶，由绿变黄。多情的北风，吻变了她的姿容。爱，枯萎了，沙沙凋落，留下另一番美丽。

毕竟是秋天。谁不期望那一帘绿意，微笑得更长久，甚至永恒。做着春梦，躺在夏日的炽热中，生命意识在升腾。

一叶知秋。一切都不可避免。树干光秃，是她完成了抚养叶的使命。一茬一茬，一代一代，直至永恒。

又见黄叶簌簌时

秋风又起，黄叶簌簌。是秋风，也是秋雨。在涌动的，是一份思念；在惋惜的，是没拟佳期。

守住南方这片绿色，原以为足够自享。哪知道有了北方的秋叶，才知道无法安生。这一份扰人的思念呀！

都说一叶知秋，黄叶的飘落，多有一层悲愁。可是这秋天的蓝，秋天的暖，怎就让人觉得多了一层夏的热，夏的激情！是我们相聚迸发的笑声，还是我们友谊绽放出的绚丽？

黄叶簌簌，诉说着我不尽的思念。秋风徐徐，播撒着我们浓浓的情谊。愿秋风带去我那一片衷情，祝福平安。

收割成熟

又一茬庄稼熟了，我们正在收割。

在凤凰花开得灿烂的季节，尽管遇上几阵风雨，潇潇洒洒地飘着妩媚，飘着斑斓，飘着依恋。这也是一种收获呀。

一张张笑脸，一颗颗难舍的心。一头头乌黑的秀发，甩动着一段段成熟的青春。一双双透明的眼睛，流露着一种博大的虔诚，深深的期待，深深的祝福。

有雨的天，无损她的蓝色。洁白的衣衫，衬着鲜红的领带，彰显了他们的浪漫。

他们成熟了，他们要飞翔。

不忍割舍

执手相看泪眼，竟无语凝噎！

要相别，难割舍。

想那杨柳岸，秋风阵阵，杏叶飘飞，芙蓉花落，无限伤悲。那一片蓝天，温存浪漫；那一卷白云，优游自在；那一份深情，真难割舍！北京的那一个秋天，让人留下太多的记忆，太多的依恋，太多的浪漫，太多的幸福！

我将永远怀念，永远牢记。

不忍割舍。

留在心中，留给永恒。

那片秋天

都说北京的秋天最美，可我不知道竟美得这样湛蓝，这样纯净。

仅仅是天空吗？不，是那颗浪漫的心。九月的那一片绿，十月的那一山红，十一月的那一树黄呀！我都因为拥抱过那一颗浪漫的心，分享过那一份博大的爱，而看到了那一片湛蓝，那一份纯净。

北京的那一片秋天，给了我太多太多，永远也无法忘怀！

初秋的祝福

初秋清爽的风，轻吻着纯才亭旁的柳。

九月，该是湛蓝的天了。

大兴的这片天空，点缀着条状的云，洒落一地芙蓉。那一排银杏，一路梧桐，一墙玫瑰，蕴蓄着关爱、热情和笑脸。

我思念着初秋，怀念着这美好的日子。

让秋风带上我的祝福，飘进那片沃土，飘向地北天南。

秋的无奈

时序推移，春秋更替，冷暖自知。

人生如春，命运如秋。秋之优美，惹出秋蝉之叹。秋之热烈，无奈抚秋自怜。秋又去也！

芙蓉花还开得灿烂吗？常锁着的那扇门打开了吗？开满黄色花的秋菊还那样疯长着吗？那一株株杏树的叶子又开始了淡黄与青绿的接力吧？

我最喜欢看那一排排梧桐树簌簌落叶的情景了。

我最喜欢抚着那在秋风中荡漾的柳枝，抒发思秋惜秋之情了。

秋意秋情，总觉多了些惆怅。

知秋知秋，可知秋之无奈。

美人树

美人树，抖落了一身鲜艳。没有风，没有雨。是季节，是时间。她显得孤怜，显得无奈。

剩下的寥寥几颗心果，也苍老得粗糙绽裂。不经意间，一缕洁白飘荡，让人惊羡。她还有活力，她还精神，她依然美丽。

谁说她表面的风光不再，就会被冷落，被抛弃。她还有一身洁白，还有一具风骨。她抖落的是过去，她期盼的是冬夏，她把美丽和纯洁留给人间。

串钱柳

惹人的串钱柳，曾多少次引动我的思恋。

多少次经过那清幽的小道，多少次不由自主地向她张望。是因为她的红成一串，还是因为她随风荡漾的飘逸？

她的内敛，难道是要避免过分张扬？她善意的微笑，似乎又很能说明她温柔的本性。那细碎的绿，似乎要告诉路人，我衬出的那一串可爱的红，可是为了显现我们相处的和谐。

同栖一棵树，俏也不争春。艳艳随风起，婷婷羡煞人。

串钱柳，红在眼里，绿在心中。

冬日怀想

今年南方的冬日，让人觉得特别冷。

紫荆花的艳丽，凝在花蕊里，无法绽放。风寒水冷，轻雾弥漫，灰云遮盖蓝天。花瓣飘落在湖面上，残红如血。

好在还有满树的绿，给人透出点生机，让人看到些希望。

人不能活在死寂里。大自然能给你带来不朽。

残杨败柳，只要根不枯死，过了秋冬，又是一番翠绿。

人情有冷暖，冷暖两心知。万物有荣枯，荣枯乃适时。顺时者荣，逆时者枯。物如此，人亦如此。

冬日紫荆

冬日的紫荆花，很红，很灿烂。

蓝色的天空下，这红特别透明，特别浪漫。

人的一生，要总能这么透明，这么浪漫，这么有激情，该是多么幸福啊！

我知道，只要我们努力，我们就一定能做到。

初冬的暖流

初冬，寒意阵阵。

飘飞的紫荆花瓣，映红了校园的上空。似一股暖流，暖透了我的心。

花有花的浪漫，人有人的幸福。

朋友说，我爱多思。

我知道我无所作为。

世上还有那么多的事，让人烦心。有多少人愿意烦自己！

去寻找潇洒，寻找浪漫，寻找像紫荆花一样红色的爱。只有这样的爱，才能给人温暖。

在这带着寒意的时节，我渴望这股暖流。

洁白的雪

北方的雪，纷纷扬扬，欢欣飘舞。

她飘落在屋顶上、草地上、树丫上。

她的姿容，我是亲眼看见了，亲抚了。她那洁白，让人充满遐想。

曾畅饮秋风，饱餐冬雨，就是无缘尝雪。

洁白的雪，留在翠绿的草尖儿上，我大饱眼福。

如雪的黄昏的风，带来美好的祝福！朋友们踏雪沐风而来，捧来一颗如雪的心。

洁白的雪呀！

难以忘记，难以忘记。

2009 年 11 月北京那场纯洁的雪。

又飘过一年

又飘过一年，带着浪漫、幸福和爱。温柔的春，热烈的夏，绚丽的秋，灿烂的冬。又飘过一年，带着坚强、自励和拼搏。厚结的冰，崩颓的房，这是凝结的浪漫，这是被爱的幸福。

又飘过一年，带着期待、自豪和骄傲。

又飘过一年，回想像梦一样浪漫，记忆像海一样深刻，收获像天一样无垠。

断了情思

渐渐的，情思已断。

谁也不想了吗？沉向寂寞，远离喧嚣，回归平静？

人世间，谁能没个牵挂？

有些人，爱藕断丝连；有些人，总觉情缘未了；有些人，常爱思忆往事；有些人，梦想超脱尘寰。

情丝难断，情思无垠。

躺在情的闺阁里，听狂风呼号。泊在爱的港湾中，哪管浊浪滔天。

断了情思？

除非我把自己埋葬了，或者别人把我埋葬了。

可有人相信今生来世。

我终于明白，真情难断，真爱不灭。

我心依旧

严冬与酷暑相隔。
太久了，我心又在飞翔。
凉秋与初冬，我们想起了住过的公寓。
那芙蓉，那杨柳，那梧桐！
一切在变。我心依旧。

真的好想你

不是那一颗晶莹的杏果，不是那一墙粉红的玫瑰，不是那一排婆娑的梧桐，不是那一池袅娜的杨柳，我才想你！

是谁，忘了那抑扬的教诲？是谁，忘了那甜甜的笑语？是谁，忘了那翻飞的羽球？是谁，忘了那酣畅的泳姿？是谁，忘了那份搀扶？是谁，忘了那份醉意？是谁，忘了那段日子？是谁，忘了那份情谊？是谁，忘了那份难舍？是谁，忘了那份别离？

没有谁，没有谁呀！

第五辑　祖国颂歌

一湖灯火

小楼昨夜东风，卧看一湖灯火。

湖水静穆，东风漾起涟漪，波光粼粼。朝阳初绽，惊起一路沙鸥。

湖水浩渺，原是浩瀚大海的一角。一廊绿荫，尽管是人工雕琢，却留给市民又一清新去处。

黄昏，城市的灯亮了，湖堤四周的灯亮了。湖灯在闪烁，灯湖一体，婀娜娇媚。觉着一湖灯火燃烧。

现代城市离不开湖，更离不开灯火。湖，美丽着城市的白天；灯火，美丽着城市的黄昏。

美丽着城市白天和黄昏的自然是这城市的主人。

无烟的雨

清纯的天空，无烟的细雨，装饰着人们的笑意，滋润着人们的心胸。

烟雨迷蒙，弥漫的是一帘忧郁。无烟的湖海，无烟的工厂，无烟的高楼，无烟的雨，彰显着港城人的欢颜。掬一捧青蓝的海水，荡涤掉曾惹的满身尘埃。摘一片翠绿，点缀起无烟的辛劳。

仰望碧蓝的夜空，月光澄澈，轻云曼舞，衬出她的悠远高旷。时有黑云肆虐，狂风豪雨，潇洒着亲吻大地，考验河山，警醒民心。干涸期待滋润，枯黄盼望嫩叶。无烟的雨，为万物带来清爽洁净。

无烟的雨，呼唤着纯洁的心。

守护蓝色

1

湛江港的眼光。蓝色。这就是世界，70% 的地球。盯住这，就盯住了世界。在这蓝色的平面上，仰望，连线。一艘艘巨轮，犁开这蓝色，劈波斩浪，从此岸走向彼岸，从彼岸走向此岸。湛江港的眼光，蓝色的，世界的。

2

湛江港的胸怀。蓝色，如这地球的 70%。守住这，就拥有了世界。湛江港，没有肤色，只有蓝色。有高度，但更有深度。高度属于民族，深度属于世界。她的口吞吐南海，她的眼环视世界，她的腹囊容东西，她的足撑起南北。静脉奔突，动脉迸张，开放兼容，胸怀博大，气度非凡。

3

湛江港的气魄。蓝色。涌动的蓝色，掀动的世界。潮声，夯声，风声，浪声，人声，声声汇聚，这是巨人的气魄。万吨，十万吨，几十万吨泊位的建成，是气魄。散货堆存，油气圈储，集中箱运，是气魄。斗卸，带送，管输，吊装，是气魄。改制，创新，引进，输出，更是气魄！

4

守护蓝色，需要眼光，需要胸怀，需要气魄。

守护蓝色，需要理想，需要信念，需要精神。

守护蓝色，需要文化，需要品格，需要价值。

湛江港，南方的，民族的，世界的。

5

矿砂，石油，煤炭，有色的珍珠。她们在这蓝色的港湾歌唱，在这蓝色的圈中跳荡。她们或者带着巴西的风情和狂热，或者带着澳洲的苦涩和内敛，或者带着中东的粗犷。她们漂洋过海，渴望的是能在古老的中国大地上燃烧和发光。她们是幸福的，她们不再沉睡。她们是骄傲的，她们不再胆怯。多大的风浪，她们都经过了。一路走来，她们收获了蓝色，凝聚了精神，实现了交融。她们安全踏上了中国南方这片土地。她们也准备好了，再一次的跋涉，再一次的锻造，再一次的涅槃，在中国这片有着深沉历史文化蕴藉的土地上，最终获取新生。

湛江港，她们的栖息地，她们的中转站，她们中国梦的新起点。守护着你们，也就守护了这蓝色，守护了湛江人的梦。

干枯的水井

山村有两口水井。一口在村尾，一口在村头。

水很清澈。往井里看，像镜子，澄澈着人的面目，澄澈着小山村的历史。

村尾那口井，历史悠久。见证着村的繁衍、繁荣、扩张。

村子原来是一个堡，村民都是一个姓氏，但有不同的分支，按辈分分房集中居住。贫富自有不均。

全村人，都喝这井里的水。只是有人喝着清甜，有人喝着苦涩。

为了防山贼土匪，周边还建了围墙和岗楼。村民平时出堡耕作，晚上各安其分。后有不安分者，引来土匪，抢了钱财，掠走民女，烧了民房。村民是用这口井的水灭了那场大火，也用火惩罚了劫掠者和出卖者。

合作社以后，村民渐渐往东搬迁，就有了村头这口井。村民不再按辈分分房居住，但还是以井为中心。村改生产队，生产队又分了生产小队，最后到家庭联产承包。村民慢慢富起来了。许多喝这口新井的水成长起来的年轻人，有的成了老板，有的成了官员，可谓光宗耀祖。

两口井，刻印着一段历史，蕴蓄着一种文化。可惜，谁都不珍惜这井的历史。随着老一辈掘井人的离去，年轻人又喝着自家掘的井水、自来水，就再没有谁记起曾滋养过他们祖祖辈辈的水井了。

井最终也弃村民而去，变成了两口干枯的井。村民填埋了这两口井，也就填埋了历史，填埋了文化。

寂寞的二胡

二胡，悠扬，幽咽，沉醉，迷醉。

一所小学，泥砖、松木、瓦片凝聚的房舍。一间课室，一间宿舍。低矮，潮湿，阴暗。一位教师。

一把二胡，挂在泥墙上，伴他过了三十年。

白天，二胡声的悠扬，迷醉了所有的学生。夜里，二胡声的幽咽，悲恸着四周的群山。

他沉醉在他的事业中。无怨无悔。他沉醉在他的胡弦中，如泣如诉。

有学校，就有希望。有教师，希望就不会落空。三十年，校舍虽然简陋，但山村的孩子、家长的情感凝聚在这间校舍中。它坚守着山村的希望。

一个温暖的早晨，学生看到老师抱着二胡，微笑着在讲台上睡着了，永远地睡着了。风带着孩子们的哭声，传遍了整个山村。

政府在旁边建了崭新的大楼，作为新校。这所泥砖、松木、瓦片建的学校，成了校史馆。二胡悬挂在讲台的中央，成了村民和从这课室走出去的所有孩子的凭吊物。

二胡寂寞。但它悠扬、幽咽的旋律，在课室，在大楼，在山村的上空萦绕、回荡。

飘扬的旗帜

凝聚着生命的红色，象征着团结的五星，和谐地融为一体，飘扬着，生生不息。

她已飘荡过无情风雨，卷走过漫天霜雪。她铸就了不屈的灵魂，创造了惊世的伟绩丰功。

看，中间那颗星，放着光芒。二十八年没有被锈蚀，没有暗淡，没有褪色。想起那镰刀和铁锤的旗帜，引领着那一腿泥巴和满手油污，团结着那一身洁白和五十多种服饰，竟催生了这血染和团结的旗帜。从此，在共和国的天空中，有了更加灿烂、更加绚丽、更加辉煌的色彩。

看，旁边的四颗星，每一颗都在闪耀。这是一股力量，一股洪流，他们汇聚在一起，可摧枯拉朽，荡涤尘埃。他们和谐相处，团结共荣，沟通协商，可创造奇迹，复兴中华。他们把光聚焦在大一点的那颗星上，这颗星就更加光芒四射。他们把心凝聚在一起，他们把手紧紧握在一起。从此，共和国的蓝天下，就多了几道特色鲜明的、让人羡慕的亮丽风景线。

就是这样一面旗帜，始终迸发着熠熠星光，产生着巨大的张力。她飘扬着中国人的血汗和智慧，展示着中华民族的自信和骄傲。

冰冷的极地，她在飘扬；巍峨的喜马拉雅山巅，她在飘扬；

浩瀚的大海，她在飘扬；杳杳的太空，她在飘扬……

然而，曾经，她也有叹息，她也有遗憾。有风，她无法展翅；有雨，她无法翻飞。她多想站在高高的旗杆上，俯瞰维港的绝美，遥看大三巴的雄奇。她多想飘扬在狮子山顶，飘扬在东望洋山塔，激励港澳同胞不懈奋争。可是国弱家贫，谈何容易。她只有默默叹息，默默期待。今天，看她迎风飘展，虎虎生威，和着维港之涛声，应着古堡之松鸣，飘扬着中华之崛起。紫荆花、荷花也飘出了应有的尊严和骄傲。

同样，她还有期待，还有想望。她飘扬着，飘扬着，飘着思念，飘着希望。她始终飘着情谊，飘着合作，飘着共识，飘着共赢，飘着共同复兴中华民族的真诚。看，飞机直航了，轮船直航了，邮件直通了，两岸同胞可以更多、更自由地往来了。我们听到她飘动的笑声了，遥遥地飘到了日月潭边，正和着阿里山姑娘美妙的歌声呢！

多少年来，就是这面旗帜，她始终迎着初升的太阳飘扬，她始终充满着无比年轻的朝气和锐气，她始终彰显着中华民族的不屈和尊严，她终将昭示中华民族新的崛起和伟大复兴。

中国啊，您的旗帜永远飘扬。

文明的犁锄

春风吹皱一田青苗，夏日晒熟满场稻穗。农民荷着轻轻的犁锄，哼着动听的丰收的歌。

甩掉了一身破烂，不用再啃吃那苦涩的树皮根。捧着满棚的瓜果，脸上笑出了幸福的酒窝。

扒散一屋暗矮的茅泥，精心砌起一墙碧瓦青砖。漫步绿翠的阡陌，聆听悠扬的欢蝉和鸣蛙。

文明的犁锄，犁锄过几十个辛酸的世纪。

百姓的生活始终无法富裕，中华民族也屡屡受屈。

身躯屡遭炙烤，灵魂饱受煎熬。百姓一无所有呀，只剩下一丝难以维系的苦力。火热水深，看不到将来，盼不到希望。是那一道亮光，划破了黑暗，催响了春雷，唤来了夏雨，洗净了身上的黑尘，荡涤了旧日的污垢，陶冶了纯丽的心胸。火一样的彤红，在喷薄，在迸裂，在燃烧……

从此，犁锄属于自己。农民用她耕着自己的土地，创造着震惊世界的奇迹。

土地不再荒芜，山村不再寂寥。远离了贫穷饥饿，永享着温饱小康。

文明的犁锄，耕耘着古老的历史，耕耘着现代的文明。

农民在使用她，工人在呵护她，共和国在珍惜她。她犁出了肥沃，犁出了坚强，犁出了无限的信心和希望。她锄出了遍野翠绿，锄出了满仓金黄，锄出了一路和谐与欢歌。

文明的犁锄，她是老百姓的依托，她是共和国的大厦，她是中华民族伟大复兴的基础。

洁净的炊烟

告别了低矮简陋的街区，排尽了腐臭难闻的污泥浊水，崛起了幢幢高楼，构成了现代化的城市群。

告别了简单的手工作坊，引进了发达的生产流水线，淘汰了浓黑的烟囱，排放着洁净的炊烟。

木柴不再成为小院的宠物，黑煤也从宽敞明亮的走廊过道消失。沉重的煤气罐压弯了搬气工的脊背，管道开始向住户家里延伸。

城市追求洁净。乡村走向文明。

曾记否，城市繁华，步履维艰，苦不堪言。为了林立的大厦，密林成了秃山，翠绿炼成钢板，处处黑烟弥漫。热浪滚滚，凉意阑珊。或秀水断流，江河枯竭；或洪水滔天，泥流瀑泻；或沙尘漫漫，遮月蔽日。人祸侵蚀家园，天灾肆虐人间。城乡飘满污浊的秽气浓烟。

如今，城市繁华，发展稳健。如茵绿草红花，白云蓝天月无邪，地铁穿行百姓家，天上地下人间。密集的喧哗，消失在城市文明的浸润中。飞扬的尘土，吸附于城市浓绿的花树下。无序逐渐远去，规范业已来临。闪烁的霓虹灯，催生着丰富多彩的城市文化生活。早晨与黄昏，柔扇舞动，太极生风，城市公园里，健身文明，逸兴更浓。城市那一缕炊烟，无比洁净。

城市的洁净，彰显着国家文明。

中国迈着坚韧的步伐，踱过了风雨，甩掉了肮脏，始终高擎着那一盏灯，把自己的前程照亮。秉承和平、发展、合作的治国理念，赢得了一身洁净，锻出了国民的自信和坚强。

中国挺着宽广的心胸，扬弃了封闭，始终作为一个东方发展中的大国，敞开着怀抱，绽放着宽容。和谐的微笑，向世界释出菩萨般圣洁的仪容。以人为本，以邻为善，是为国风。

洁净的炊烟，象征着城市的发展。

伴随高科技的文明，高耸的烟囱，再没有风卷的黑云；汩汩的废水，早在再循环中澄清。土地不再埋怨，江河不再哭泣，游鱼不再枉死，禽畜不再含冤。空气开始清新，河水更见明澈，百姓乐业安居，民族实现复兴。

洁净的炊烟，新城市的追求，新城市的未来，新城市的希望。

洁净的炊烟，百姓生命的寄托，祖国富强的呼唤，民族复兴的期待，人类生存的保障。

清纯的少女

她是一位少女，清纯飘逸。

江是她的血脉，湖是她的眼睛，山是她的腰躯。有血，有肉，有魂；袅娜，柔情，飘逸，清纯。

江哺育着她，湖装扮着她，山支撑着她。

多少年，她的血脉在澎湃，在汹涌，在咆哮，在奔腾。她迸发着活力，她跳动着青春，她释放着善良，她绽放着温柔。多少人捧着她，吻着她，拥抱着她，沉入她的胸膛，汲取她的抚爱，感谢她的恩宠。

多少年，她的眼睛在闪烁，在找寻，在仰俯，在流转。她流露着真诚，她透射着博大，她闪动着爱恨，她清浊着卑污。多少人的心被着迷，多少人的魂被稳住，多少人的龌龊被清洗，多少人的卑鄙被驱逐。

多少年，她的腰躯在舞动，在蜿蜒，在雕琢，在尽善。她翠绿着柔美的衣裙，她澄澈着诱人的长睫，她淘濯着刺鼻的汗臭，她洁净着纷乱的心灵。多少俗人浮躁着遁入空门，多少仙道无奈着游荡凡间。

让我揣一方端砚，浇尽那西江的水，揉碎那星湖的倒影，掺进鼎湖山那浓浓的绿，再和上我心中殷红的鲜血，饱满我人生无尽的爱，或工笔细描，或简笔勾勒，一定把这有血、有肉、有魂的清纯飘逸的少女形象刻进世人的心中。

硇洲风韵

1

咸涩的海风，沐浴着古老的历史，从对岸飘来。仙女的笑声，拍打着坚硬的堤岸，洒落一长串的故事。

面对着浩瀚的蓝色，多少个岁月在期盼。走着牛车的小路，生计在艰难地集聚。那露色苍茫，那香风依旧，那绿涛摇曳，那碧浪翻飞。多少年的渴求，一衣带泪。

桅杆帆影，浸润着往日的辛酸。熙攘街市，流露了今天的繁华。黄黄绿绿的笑意，洋溢在轰鸣的渡船和飞奔的快艇上。靠岸的幸福。

靠岸不是等待，不是停滞，不是安逸。

新的起锚，新的竞渡。

2

笑声跳入蓝色的波涛中，激荡起纯白的诚意，飘逸前行。

水天相接，那是遥远的梦。很美。

没有航向的日子，似乎已经过去很久了。还会重来吗?

大海敞开壮阔的心扉，任凭刀剑划过，笑着愈合了伤痕，继续承载着新的使命。

掬一抹清凉，洗尽远航的疲惫。乘盈盈海风，踏浪奔上新的征程。

对岸那一排渔火，闪烁着繁荣。

加速。又是一轮喷薄。

3

黑礁石，宝贝。美丽的风景线。

咸腻的海风，拖着蓝色的海水，袅娜地舞向这黑色的宝贝，撞出一生的纯洁，一世的依恋。

几百万年的沧桑，写在这黑色的脸上。

不愿沉睡。借力崛起，倚靠着坚实的脊背。

凝视着海浪起伏，陶冶着人间美丑，承载着春秋更替。

潮落潮起，人来人往，鸥飞燕翔。

黑礁石的性格，坚韧，坚毅，坚信，坚强。

4

蔚蓝的天，镶嵌的缕缕轻云，飘过。

阴凉的树，携伴着柔和光影，闪过。

清轻的风，吹皱了香蕉林宽阔的叶子，焐熟了清香的芭蕉果。那宁静的蕉园，酿就了村民甜蜜的笑颜。

扬起的帆，犁开碧绿的浪，挺着黝黑的臂膀，创造着丰收的季节，洋溢着富裕的喜悦。

海风渔火，无愁无忧。笑声应和着夜的浪涌，歌声飘荡在渔村的上空。惹跳了玉兔，逗乐了嫦娥。播撒一苑清光。晒月的游客，踏着细碎的沙，分享着这难得的渔家风情。

自然，纯朴。

5

飘过远古的历史，似有一队人马逶迤而来。人疲马乏，烈日如火，何处饮马稍歇？

青青翠竹摇曳，幽幽古榕含羞。苍苍古藤萦绕，嫩嫩青草悠悠。似有百姓稼穑，定有清泉冽冽。茫茫大海无栖地，自有百姓救皇时。

此处饮马马有力，彼岸复国国难支。可怜小井留真迹，安知后辈笑黄鹂。逸豫骄奢蒙国耻，居安思危振庶黎。

宋皇井，见证了一段古老的故事。古榕结子，瓜果飘香，芳草萋萋，情沁心房。这是一段凄怆的历史，海不会忘记，地不会忘记，天不会忘记，人不会忘记。

这是一种文化。孤寂的碑文，不足以让人们追忆。让我们画一个圈，圈住这片天空，圈起这段历史。画一廊幽梦，筑一院宫墙。硇洲的故事，悠悠长长。

6

翠柏在抚慰着守塔人的心灵，古榕在守护着航海者的生命。灯光熠熠，似倾诉着无限的喜悦与悲忧。

沉沉海雾，浮起侵略者的铁蹄。羸弱的国力，无奈地任由嗜血者更替。灯光照亮的是侵略者的狰狞。

闪闪红星，引领了爱国者的抗争。人民的力量，勇敢地扫荡了民族的耻辱。灯光照亮的是奋斗者的征程。

温柔的海风，轻抚着苍松，穿过婆娑的古榕，银铃般笑遍整个海岛。灯塔的精灵，呵护着海岛的清幽和繁荣。旋转的灯光，沐浴着夜航人的爱意，亲吻着温顺的海浪，带去渔家姑娘无限的祈祷。

幸福，吉祥。

融情汕尾

1

厚重。不是轻云飘荡在蓝天，不是炊烟袅娜于乡村，不是树梢上无巢的鸟鸣，不是池塘里躁动的绿萍。时间穿越千年，留下深深的划痕。英雄的血肥沃了这片土地，酿就了这份厚重，陶铸着，浸润着，升华着。汕尾人在蒸煮，在提炼，在追求。沉淀过去，创造新元。永远永恒。

2

独特。锣声与浪涛的混响，海鸥与木鱼的和鸣。麒麟泣血，人龙吐火，演绎时空变幻，勾勒人间恶善。舞动那份纯朴，唱吟今古贤良。灿烂那脸笑容，拥抱世界文明。将一帆独特，高高扬起，让她踏波踩浪，融进海的深蓝。将一抹晶莹，层层浸润，让她透入地心，刻进汕尾人的脊骨！永远永恒。

3

善良。咸涩的风，吹皱了一额粗重的长纹。酸苦的雨，淋黑了一身鲜嫩的肌肤。纯朴的歌，争艳起一耳缤纷的善良。承载着南北东西，骄傲着海外邻里。脚印也许还残留着凝血，但坚实得总是往前延伸。停下来，只是为了歇歇。决不会沉迷夜莺的婉转，黄鹂的欢鸣。心在呼唤，一往无前！善良，是一种不屈的精神，是一座丰硕的粮仓！存留在马祖的眉目间，存留在汕尾人的髓血里。永远永恒。

4

和谐。风的甜润，吮吸着婴儿的纯净。稚嫩的脸，挣脱母亲的眼神，转向欢歌的小鸟。蹒跚的脚，跨过沉重的栅门，挪动在清晨和黄昏的霞光里。生活的富足，漫过崭新的楼群，洒落在乡间小道的欢笑声里。城市不再喧嚣，不再浮躁，不再无序，不再黑暗，不再恐惧。街区的马路宽着呢，街区的夜灯亮着呢，街区的民心集聚着呢。一切都在阳光下穿行，透视着这城市的魅力。和谐成长于汕尾的发展中，根植于汕尾人的真爱里。永远永恒。

5

发展。嫩绿挣脱冬天的肃杀，绽放在春天的欢笑中。蓝天过滤着污浊，飘洒着清新的雨，带涨了澄澈的山溪与小河。青翠包裹着的那一园残旧，消失在改变命运的渴求中。弥漫着白色威权和黑色粉末的那一袭浓郁的娇气，散落在一声声沉重的呻吟里。田埂上的叹息平等着城镇的优惠，大院里的决策紧系着街区与乡村的兴衰。科学发展，风更清，气更正，民更纯。永远永恒。

徐闻：中国菠萝的海

徐闻，中国菠萝的海。天和地，一样色彩纷呈。蓝色的天，蓝色的地，蓝色的海。红色的地，红色的天，红色的海。绿色的海，绿色的地，绿色的天。还有那海天一色，天地一色，红绿蓝相交融而酿就的千万种色彩呢。

徐闻，中国菠萝的海。掏出古老的历史，涌动汉武开海的悲壮。犁开两千年的土地，捡拾拓荒者的血泪。“欲拔贫，诣徐闻”的骚动，踏醒了沉睡的红土。仙气萦绕的三墩，佑护着红土地的子民。乘风而去，踏浪而归的使者，给红土地带回了这酸甜的翠绿。

徐闻，中国菠萝的海。杏磊湾，流动着徐闻菠萝的想象，洋溢着菠萝的诗意。一幅巨大的广告画，镌刻着徐闻菠萝的经典，细数着绿色与黄色成长的故事，成熟的魅力。长焦广角特写，饱含着拍摄者对菠萝的深情，对红土地的酷爱，对淳朴者的真诚。

徐闻，中国菠萝的海。大汉三墩，晚霞洒落在宁静的海面上。黄昏的海风，吹动着新娘绿色的婚纱。海水轻漾着绿色的涟漪，似在倾诉他们那绿色的爱情故事。也许，他们白天还遨游在绿色的菠萝的海里，黄昏才在这里追逐大海的深蓝，夕阳的血红，潇洒地演绎着他们甜蜜的浪漫。

徐闻，中国菠萝的海。曲界镇，红土地广袤而肥沃。这是菠萝的海洋，菠萝的巨浪在这里翻涌。这是音乐的海洋，菠萝的音符在这里跳荡。这是歌的海洋，菠萝的旋律在这里萦绕。蜿蜒起伏的红土山坡，多少代农民在这精耕细作，用血汗呵护。他们用自己心灵的彩笔，描出这精美的五线谱。一颗颗的菠萝果，一棵棵的菠萝苗，是这五线谱上的一个个音符，是她们组成了一部部交响乐。这是中国菠萝的多声部合唱，这是中国菠萝的绝美交响。

谁是作曲家？谁是指挥家？谁是演员？自然都是这菠萝的海的主人！相信他们的才华，相信他们的智慧，相信他们的创造，相信他们的共同努力，团结合作一定会拥有来自世界的观众。

张家界：崇高·优美·和谐

张家界的山。神仙点化的高耸，萦绕着仙气，挺拔飘逸。一柱柱脊梁，透着无比崇高。刺破了密云，播撒着轻雾，旋转舞裙的仙女，吮吸着从天宫输送来的汁液。成长着优美的仙松，坚强而睿智，婷婷而婉约，聚簇着团团雪花，清爽着自己的腰身。春滋润着古老，夏激荡着苍凉，秋渲染着娇媚，冬装扮着清幽。这山呀，崇高与优美，和谐一体，是张家界的风骨，是张家界的文明。

张家界的水。蜿蜒的清澈，伴着崇山峻岭歌唱。滋养着少女的娇羞，哺喂着美男的强壮。嫩透了的轻雾，滴进奔涌的脉管，汇成一腔热血，挥洒在那一片热土之上。飘荡的灵动，流过多情的岁月，凝成晶莹的一溪，聚成剔透的一湖。吮一滴甘醇，喝一口甜美。阳光亲吻她的脸，她幸福的笑，洒落潋滟一路。高耸的倒影，拥抱她的温润，她的柔情，张扬得让人无法抗拒。用她洗濯我的灵魂，清纯我的心身。这水呀，崇高与优美，和谐一体，是张家界的热血，是张家界的灵肉。

张家界的洞。天造的眼，穿透古今，让人看到希望，让人憧憬未来。她引动了人们的激情，她点燃了明星的爱火。奇想化成现实，天然融汇人文，提升了天然的品位，彰显了人对自然的尊崇。几缕彩色的烟柱，滚过冰纪的遗迹，完成人类新的壮举。她在汇聚人气，她在创造奇绝。静静的洞，充满灵秀，是天上神来之笔。整一堵风景，又是壮美无比，令人叹异。浮动的几片轻云，时而为她披上柔曼轻纱，让人感受她朦胧的娇美；时而又沉至她的洞底，让人领略她的雄奇。这洞呀，优美与崇高，和谐一体，是张家界的娇脸，是张家界的眼睛。

张家界的人。祖祖辈辈享受着这天然绝美，有如陶渊明笔下的桃花源。然却远胜桃花源，因为她是真实的桃花源啊。渔人何时寻，山人自在处。那山，那水，那人。是开放的风，吹醒了张家界人的智慧。不能只守着这绝美，应该经营这绝美。感谢那些探险家、画家、摄影家、作家，他们是歌颂张家界绝美的功臣。感谢那些有着天赐的智慧、心怀百姓的智者，是他们让张家界走向全球；感谢那些精心经营这绝美，让这绝美绽放的精灵，是他们让世界融入这绝美。他们爱张家界，他们爱张家界的百姓，他们爱张家界百姓的后代。他们用心呵护这绝美，他们用血滋养这绝美，不轻易损伤其一毫，不草率污秽其一角。飞升的电梯，矗立峭壁悬崖，让人们瞬间穿梭天地。悠长的缆索，俯瞰峻岭耸山，让人们悠然地吞咽这满山秀色。武陵源的绝美，无私地向世界分享。这人呀，优美与崇高，和谐一体，是张家界的灵魂，是张家界的希望！

新界抒怀

如火的八月。广州至九龙的火车，终于碾过新界，泊停红磡。一座喧嚣繁华的大都市，我已进入，我已“漂泊”。

不会忘记历史。香港岛，九龙半岛，新界。近代百年，耻辱的百年，也是中华儿女浴血的百年。赴港前的十天，在广州，我们缅怀先烈。虎门销烟的大快人心，三元里抗击侵略者的决心，我们明白了国家富强、民族复兴需要血性，不要奴性。

唤醒民族血性，贬抑媚外奴性。新界的山，新界的海，新界的岛屿，新界的森林，新界的湿地，新界的花鸟，都透着强烈的民族血性。大埔、上水、西贡、离岛、元朗、屯门、沙田、荃湾、葵青九大区域，跟内地就是一街一河，山水相连，民心激荡。祖祖辈辈，多少原住民，他们住着丁屋，耕着丁田，捧着回乡证，穿梭罗湖桥，漫步中英街。他们是草根，但他们也是中产，更是精英。他们中多有血性者，他们爱国家，爱民族，爱香港，主动贬抑崇洋奴性，激情呼唤民族血性。

新界的那一片绿色，那是一份故土的情怀。新界的那一片蓝色，那也是一份故土的情怀。新界的那一片天空，蓝色澄明，是他们仰望的、期盼的，那还是一份故土的情怀。这片绿色，尽管我们总会看到掺杂的残黄和枯枝，但这片绿色一定是越来越浓的。这片蓝色，尽管我们也不时会看到泛起浑黄甚至血红，但这片蓝色一定会越来越纯的。这片天空，尽管我们难免看到黑云翻滚、雾霭遮蔽，但这片天空一定会越来越澄澈的。我们该有这种情怀，我们该有这份信心。

凝聚血性，是用来滋养浩气的。没有一份民族的浩然之气，没有一份民族的自豪自尊，我们的民族就会被欺负，被歧视，被边缘，被排挤，被忘记，被剿灭。有了这浩气，有了这自豪，有了这自尊，就有了大爱，有了团结，有了气度，有了宽容，有了民族大义，有了捐弃前嫌，有了凝聚力，有了一致对外。历史在发展，历史在进步。民族内部的历史，民族自己来审视；民族内部的矛盾，民族自己来化解。拒绝认识自己民族的历史，肆意歪曲自己民族的历史，企图美化殖民者殖民的历史，都是违背民族大义的，都是没有民族浩气和自尊的。

值得欣慰的，新界有那么一群人，他们有血性，他们有民族大义，他们一直在为唤醒更多还沉睡着的人或不愿醒来的人的民族血性和大义而奔走相告。他们无私的付出，他们无畏的牺牲，他们伟大的民族情怀，让新界的大地更绿，大海更蓝，天空更纯净，市民更和谐幸福。

在新界的日子，我看到了，感受到了，我为他们骄傲，为他们自豪。我离开了，但我关注着。我想念这群战斗的人，我默默祝福他们。

港岛那棵簕杜鹃

杜鹃花在静静地绽放。偌大的阳台，潮湿，阴沉。阳光迟迟无法照耀。看不到朝霞，看不到落日。只有对面楼阳台的那棵硕大的簕杜鹃，让人眼亮。这杜鹃，花期很长，花朵很红很艳丽。可惜，既不能看作太阳，也不能看成月亮。只有心中那份想象，那份盼望，那份期待，那份象征。

港岛的高楼，大多依山而建。港岛的山，多为坚硬的火山岩，植被保护得很好，蓄水功能不错。可苦了我们这些住低层的暂住民。关窗闭户，阴森透凉。抽湿机二十四小时开着，一天早晚倒两次水。烟霞总在窗边飘过，烟笼雾绕，俨然仙居。

杜鹃花在静静地绽放。一条 T 字路。路东是一所学校，路西是居民区，没有路北，路南就是山脚下港岛最繁华的街道之一。我不想提这些路名，在我们自己的土地上。我是民族主义者，但我不狭隘。我主张去殖民化，但我也尊重别国的优秀文化。文化有它自己的生命力、渗透力。民族的是根，其他的是叶。根枯则叶烂。根不枯，叶黄了，枯了，掉了，新叶又会长出来。这绿我们可称为民族的。民族的根，民族的树干，民族的叶子。有些黄的，自然就凋萎了，被淘汰了。

路东这所学校的门前，有一棵开着粉白色花的美国紫荆，尽管树形高大，白花盛放，但在对面楼上那棵硕大的杜鹃花的虎视下，这些花无疑显得惨白，花瓣纷纷飘落。每个周日的上午，相邻街区那座教堂传来所谓圣乐福音，但似乎也常常淹没在它对面街区那座关帝庙的浓浓烟雾中，还是关公威武。

杜鹃花一定记录了我在港岛住着的日日夜夜，点点滴滴。她一定看到我早出晚归，孤寂冷清，可又精神饱满。她一定窥见我每天回到家，一边读着《论语》《孟子》，一边喝着凉水、吃着面包；一边读着《老子》《庄子》，一边想着大仙圆弦。她也一定知道我在看《汉武大帝》《康乾盛世》，她也一定听到我大声朗读《唐璜》《浮士德》。她一定很奇怪怎么没听到过我高亢的歌声，没看到过我优美的舞姿和娴熟的舞步。她一定不会忘记，我刚到港岛不到两周，就遇到了不测。在一个微雨纷纷的黄昏被歹人袭击，晕厥在她的眼下，而她又是那样无助，期待着自己是一个精灵，能及时挽救一条无辜的生命！也许是她变身附体显灵了，也许是她唤醒了瞌睡的关老爷，一位市民报了警，我及时被救护车抬走，保住了我的生命，保住了我的荣誉！

杜鹃花，她在静静地绽放。

她长在港岛最喧嚣的地方，但她从来不制造喧嚣。

三年来，只要在港岛，我就会到阳台上看一会儿对面那棵簕杜鹃。看她那坚强的躯干，硕大的藤冠，满枝的花朵。她不但给她的主人带来无尽的姣美妩媚，而且也给我这位“南漂”者无尽的寄托和慰藉。

因为有她，尽管三年来我天天经过曾经“牺牲”的地方，但我没有丝毫阴影，从没有影响我顽强的战斗力。因为有她的护佑，我的工作总是充满激情，充满着无限的创造力。我保持了我的纯净，我保持了我的品质，我保持了我的个性，我依然是我。

相信那棵簕杜鹃，在我离开后，依然绽放得灿烂。因为她知道，我虽回内地了，但依然会惦念她，依然会有我的后来者继续凝视她，赞赏她。

后　记

本来决定不写什么后记的，因为所写篇什，只是粗浅的习作而已，说不上是什么诗章。但回想自己尝试写散文诗的缘分，有些感谢的话，有些难忘的事，倒是应该说说。

读大学的时候，有位同学曾介绍我读过一本屠格涅夫的散文诗集《爱之路》，让我印象深刻。这是我最早接触散文诗这种文体。当然，那时并不是出于对散文诗的兴趣，而是因为好同学推荐。读完了，也没想过要写散文诗。说实在的，跟当时读雪莱、海涅、拜伦、歌德的诗歌或屠格涅夫、托尔斯泰、陀思妥耶夫斯基的小说相比，散文诗集《爱之路》给我的印象根本不算什么。因此，后来也一直没有再接触散文诗，倒是更多地阅读了中外的戏剧作品。就算是鲁迅的《野草》都没有认真读过，尽管读了鲁迅多本杂文集子。写毕业论文的时候，班里有位同学用尼采的理论分析《野草》的艺术特色的论文被老师评了优秀，似乎对我触动挺大的，鲁迅的《野草》才在脑中有了较深刻的印象。本该好好读读，但毕业了，也就放弃了，以致十五年来竟没时间再读《野草》这一中国散文诗史上带有里程碑意义的作品。

大约是在2000年，柯蓝先生莅临湛江，促成湛江散文诗协会的成立。学校领导刘海涛教授当了散文诗协会的会长，而退了休的中文系原党总支书记刘谷城副教授作为协会的常务副会长，为此投入了大量的时间和巨大的热情。刘谷城老师鼓励我尝试写写散文诗。出于对刘老师的敬重，而不是出于对散文诗的热爱，我连续用了一周的时间，写了20首所谓的散文诗，交给刘老师看。他说，写得还可以。但我似乎依然没有写散文诗的冲动。后来，刘老师组织了一些散文诗采风活动，也通知我参加了，有的作品还有幸在《湛江日报》上发表。这时候，我对散文诗这种文体的印象开始加深，甚至有了创作的冲动。特别是在刘老师的推动下，当时在学校图书馆工作的刘小红副研究馆员——她也是湛江散文诗协会的秘书长——依托太阳谷文学社，开展了“托起飞翔的梦”散文诗创作大赛，并要求把获奖的作品写上评语，编成集子。我有幸参与了其中的工作，也因此初学如何欣赏散文诗。可惜，正在自己对散文诗有点热情的时候，我有幸被选派借调中央政府驻香港特别行政区联络办公室工作，散文诗再一次被我冷落。但“三刘”（刘海涛，刘谷城，刘小红）热情不减，相反，还如火如荼。他们不但在全校开设了散文诗欣赏的公选课，还参加了全国和全省各种散文诗创作采风和学术研讨活动。他们还组织学生开展了蔡丽双诗文研究，其课题成果还获得全省大学生“挑战杯”成果一等奖。散文诗创作与研究在学生中产生了一定的影响。

2008年6月，我被任命为人文学院党委书记，作为正职，我至少要上三节课。正好写作课缺人，我就接了2008级两个中文班的文学写作课。教材是刘海涛教授主编的《文学写作教程》，在“诗歌写作”这章，有一节专门介绍“散文诗的特征与写作”。由此，我对散文诗的神经被再一次触碰到了。后来才知道，这一章的编写者竟是著名诗评家、人文学院现当代文学专业的张德明教授。张教授把“散文诗”放在诗歌的范畴讲授，让我第一次明白散文诗的本质是诗歌，而不是散文。对散文诗的情感，再一次被激荡！我开始有意识地阅读散文诗的作品和论著，如波德莱尔的《巴黎的忧郁》、屠格涅夫的散文诗集、泰戈尔的《吉檀迦利》等，以及国内散文诗人和诗评家出版的作品和论著。特别让我感动的是，刘谷城老师还为我订购了《散文诗世界》！后来我自己开始私人订购，而且订三份，自己留一份，上课的两个班，每班一份。我还特意在布置诗歌写作作业的时候，要求学生专门创作散文诗。学生把这些作业编成集子，并命名为“青春思念”。记得我专门请刘老师看了，刘老师说写得像模像样，建议我可能的话，给中文系的学生专门开专业选修课。我知道我对散文诗还知之不多，研究不深，底子太薄，我没有答应他。谁知有一天，他亲自把他多年来上公选课的教案、大纲、电子文档、参考资料送到我的办公室，让我分享！他当时是学校督导组的成员，还多次听我的课，给我提出改进意见！更让我难忘的是，他动员我参加张家界全国散文诗征文活动，作品竟被《散文诗世界》刊发，因此还受邀出席当年在张家界召开的全国散文诗研讨及朗诵会。这是我从教以来第一次参加的专业性会议，后来又连续出席了在北京、汕尾召开的相关会议。可惜，汕尾会议之后不久，在当年的体检中，刘谷城老师发现身体有恙，导致中风，并于当年不幸离世！我心甚是悲哀！第二年，刘小红为纪念刘谷城老师，整理并自费出版了她和刘老师的散文诗公选课讲义，我也向人文学院申请正式开“散文诗创作与研究”的专业选修课。几年来，学生创作了大量的散文诗作品，也写了不少散文诗研究的课程作业。值得欣慰的是，这些年学生选课的热情不减，创作和研究都有成果。2013 年，《湛江文学》出版了 2011 级“散文诗创作与研究”选修课学生的散文诗作品专刊；黄艳映同学研究宓月作品的课程论文发表在 2014 年的《散文诗世界》；我挂名指导的 2014 届毕业生谭爱娣研究亚楠散文诗的毕业论文和谢小珊研究语伞散文诗的毕业论文分别全文发表在当年的《散文诗世界》和《星星》诗刊上！这应该是中文系毕业生第一次公开发表研究散文诗的毕业论文！

以上文字，大体说清了我跟散文诗的情缘。然而零星的创作有机会结集，完全是因为有张德明教授的鼓励。他一直希望我能够加强散文诗的创作与研究，同时还推荐我的散文诗发表。但我明知自己底子薄，加上多年的行政工作完全磨损了自己科研的锐气，研究就顺其自然吧，创作也许可以像鲁迅先生所说的那样写点小感触的东西。张教授希望能出一套“岭南创作文丛”，包括诗歌集、诗文集、散文诗集。我只好选了一些没发表过的或发表过（主要在《散文诗世界》《湛江文学》《情诗季刊》）的作品集结成书，并分成五辑。“童年牧歌”，是关于自己长期生活在农村所耳闻目睹的事以及与自己的情感有关之人的童年故事，那些都是自己很熟悉的生活；“田埂恋歌”，是与自己有关的人的情感故事；“青春弦歌”，倒是更多地立足于自己，抒发自己对生活与爱情的理解和坚守；“大地飞歌”，是把情感寄寓于春夏秋冬、四时景物、人事情理，希望道出其中的单纯与复杂；“祖国颂歌”，文字多带“高大上”，然而毕竟也是自己内心的一份情感，真诚，没有矫饰。我前面说过，这些所谓作品，只是自己的部分习作，幼稚而不成熟，更不用说创作的手法和技巧。由于对散文诗的文体的理解未必到位，只知道散文诗要坚持写得短些，故里面的作品，大多为100至500字。情感单纯，方法单一，文字浅俗。只期待与读者分享，不奢望读者能从中学到什么。

感谢给我创作灵感和动机的亲人；感谢给我鼓励的恩师和同事；感谢给我动力和欣赏的同学；感谢给我机会和支持的领导。我将坚持进行散文诗的创作，希望有一天能将较成熟的作品奉献给大家，报答大家的厚爱！

谢应明

2015年1月于湛江滨海园